FERIAS, LEYENDAS
Y CHIFLADOS

ExLibric

DAVID LÓPEZ VIZCAÍNO

FERIAS, LEYENDAS
Y CHIFLADOS

EXLIBRIC
ANTEQUERA 2024

FERIAS, LEYENDAS Y CHIFLADOS
© David López Vizcaíno
Diseño de portada: Dpto. de Diseño Gráfico Exlibric

Iª edición

© ExLibric, 2024.

Editado por: ExLibric
c/ Cueva de Viera, 2, Local 3
Centro Negocios CADI
29200 Antequera (Málaga)
Teléfono: 952 70 60 04
Fax: 952 84 55 03
Correo electrónico: exlibric@exlibric.com
Internet: www.exlibric.com

ISBN: 978-84-10297-17-3
Depósito Legal: MA 1958-2024

Impresión: PODiPrint
Impreso en Andalucía – España

Nota de la editorial: ExLibric pertenece a Innovación y Cualificación S. L.

DAVID LÓPEZ VIZCAÍNO

FERIAS, LEYENDAS
Y CHIFLADOS

A mis padres.

A mi prima Marisol Fernández Vizcaíno;
su marido, Roberto Pumar Bóveda;
y sus hijos, Roberto y Carmen.

A Sabrina Miranda González por todo.

Mi gratitud por su amistad y apoyo a
Darío Gómez Escudero, Carmen Fernández Gago,
Carmen Gil Calvo, Juan Antonio Abad Nielfa
y Tomás Perales Benito.

Un pésame y una cena

Un compromiso familiar me llevó a la ciudad de Orense.

Estacioné el coche en el aparcamiento del hotel.

—Buenas tardes. Tengo una habitación a nombre de David López Vizcaíno.

El recepcionista me saludó, me pidió el DNI y comprobó mi reserva.

—Aquí tiene la tarjeta de su habitación. Le deseo una feliz estancia.

—Gracias.

Subí a la habitación. Dejé el equipaje junto al escritorio.

Para sacudirme parte del cansancio me descalcé, me tendí sobre la cama, respiré hondo, me estiré tanto como pude y exhalé el aire que llenaba mis pulmones. Me apoyé en los antebrazos y observé la habitación; me gustó por su amplitud, sobriedad y luminosidad.

Me levanté de la cama. Fui al cuarto de baño, de color blanco marfil y olor a mandarina. Me refresqué la cara y las muñecas, me sequé y bebí agua. Miré al espejo.

—He de mantener la formalidad en todo momento.

No pude contener la sonrisa y luego la carcajada.

Miré el reloj.

—Tengo tiempo, pero no puedo entretenerme. ¿Por qué hablo solo?

Decidí deshacer el equipaje más tarde.

Me puse los zapatos, salí de la habitación y abandoné el hotel.

El paseo fue breve, pero tonificante. Era lo que necesitaba después de haber pasado tantas horas conduciendo.

Un vecino salía del portal.

—¿Va a entrar?

—Sí.

—No le conozco. ¿A qué piso va?

—Al segundo, puerta derecha, donde viven Marisol y Roberto.

—Puede pasar.

Entré en el portal. Subí en el ascensor, que parecía recién estrenado. La luz del descansillo de la escalera se encendió cuando detectó mi presencia. Llamé a la puerta de la vivienda.

—Buenas tardes, Roberto. ¿Puedo pasar?

—Buenas tardes, David. Puedes pasar.

Reímos.

Accedí al amplio recibidor. Roberto cerró la puerta de la vivienda.

—Veo que estás en forma y feliz.

—Estoy en forma y mi felicidad es esférica.

Roberto sonrió a la vez que se acariciaba la barriga con delicadeza.

—¿Dónde está mi prima?

—Se está terminando de arreglar. ¿Qué tal el viaje?

—Sin novedad. A mi ritmo.

—Pisando huevos. Haciendo caravana.

—¡Pero he sido puntual!

Reímos.

Marisol salió al recibidor. Nos saludamos de manera afectuosa.

—Estás más delgado.

—Como sano.

—Aquí también comemos sano, pero tenemos mejor lustre.

—Me tendré que venir a vivir a Galicia.

—Harías bien.

Roberto miró el reloj.

—Hemos de salir ya; de lo contrario, llegaremos tarde.

Salimos al descansillo de la escalera. Roberto cerró la puerta de la vivienda. Marisol llamó al ascensor.

—¿Qué tal mis primos pequeños? Bueno, ya son mayores, pero me habéis entendido.

—Roberto trabaja conmigo en la empresa.

—¡Enhorabuena! La empresa tendrá continuidad durante una generación más.

—Carmen sigue estudiando Diseño Industrial en Ferrol.

—¡Fantástico! Siempre ha sido buena estudiante, trabajadora y responsable. Llegará lejos.

Nos cansamos de esperar el ascensor; bajamos por la escalera.

Salimos del portal. Cruzamos la calle a paso ligero.

Subimos al coche; Roberto lo arrancó y se incorporó a la circulación.

—¿Veré a mis primos pequeños?

—No. Están en Lalín, con su abuela.

—¿Cómo se encuentra mi tía?

—Bien.

—¿Y todos mis primos?

—Bien también.

—¡Perfecto!

—¿Qué tal tus padres?

—Con sus achaques, pero aguantando.

Me encontraba cómodo en el asiento posterior al del copiloto, que ocupaba Marisol.

—Te has quedado callado y por el espejo retrovisor te veo meditabundo. ¿En qué estás pensado?

—Roberto, he venido a Orense para dar el pésame a no sé quiénes por la muerte de su madre, que no sé quién es. ¿No te parece absurdo?

—Dicho así, te podías haber ahorrado el viaje.

—Marisol, ¿nuestras madres qué parentesco tenían con la difunta? Te lo pregunto porque mi madre me habló de bisabuelos, abuelos, primos y qué sé yo. No entendí nada.

—Nuestra abuela era prima hermana de la difunta.

Me quedé pensativo.

—¿Lo has entendido?

—Estoy procesando la información.

—¿Te lo repito más despacio?

—¿Me estás llamando tonto?

—El que se pica ajos come.

Reí.

—Si lo he entendido bien, he de concluir que nuestras madres y la difunta eran primas segundas, ¿es así?

—Así es.

—Lo que quiere decir que la difunta era tía tercera de nosotros, ¿verdad?

—Verdad.

—Y los hijos de la difunta y nosotros primos terceros, ¿es así?

—Sí. Te ha costado, pero lo has entendido.

—¡Vaya culebrón! Pero sigo sin entender que me hayan dado vela en este entierro; bueno, para ser exactos, en este tanatorio, porque al entierro no voy a ir.

—La señora, durante los últimos meses de vida, se acordaba mucho de nuestras madres. Fueron muy amigas siendo niñas. Y sus hijos nos quieren conocer.

—¿Vais a ir al entierro?

—Sí, y mi madre también. El entierro será mañana por la mañana en Carlín.

—Y después dejaremos a mi suegra en Lalín y nos iremos una semana a El Grove, buena mesa y buenas playas.

—¡El muerto al hoyo y el vivo al bollo!

—¡David, no seas frívolo!

—¡Marisol, me ofendes! No soy frívolo, soy una persona seria. Roberto, ¿por qué te ríes?

—Porque a veces tienes unas salidas que…

Roberto estacionó el coche en el aparcamiento del tanatorio.

—Ahora tengo que hacer creer a mis primos terceros y desconocidos que estoy muy afectado. ¡Y no lo he ensayado!

—¡Compórtate, o no te invitamos a cenar!

—Sí, Marisol. Me comportaré. No quiero acostarme sin cenar.

Reímos.

Accedimos al tanatorio. Marisol se dirigió al puesto de información.

—Buenas tardes. ¿En qué sala se encuentra la difunta doña Maruja Núñez Faro?

—En la ocho, última sala del pasillo B.

—Gracias.

Marisol llamó a la puerta de la sala, que estaba entornada, y la abrió. Se dirigió a un hombre de mediana edad.

—Buenas tardes. Me llamo Marisol. Soy hija de Divina. Estos son Roberto, mi marido, y David, mi primo e hijo de Ángela.

David y yo somos primos de los hijos de Maruja, a los que queremos dar el pésame.

—Buenas tardes. Me llamo Mauricio. Soy el hijo mayor de Maruja.

Le dimos el pésame.

—Muchas gracias por venir. Sí, somos primos lejanos. Mi madre decía que Ángela y Divina fueron sus amigas de la niñez. Por ello quisimos comunicaros el fallecimiento de mi madre.

Mauricio nos presentó a sus hermanas, Maruja y Marcela, a las que dimos nuestras condolencias.

—Mi madre no ha podido venir hoy, pero mañana ella, mi marido y yo iremos a la misa y al entierro.

—Mi madre no ha venido porque no tiene fuerzas para afrontar un viaje tan largo. Me pidió que os hiciese llegar su pésame por la pérdida de vuestra madre y el cariño que sentía por ella.

Un matrimonio de edad intermedia entró en la sala. Se dirigió hacia nosotros.

—Buenas tardes. Mauricio, Maruja, Marcela, mis felicitaciones.

—¡Gerardo, por favor!

Gerardo puso cara de circunstancias.

—Lo siento. Quería decir mi pésame. Venimos de un bautizo y vamos a una boda. Y estoy tan desorientado que ya no sé a quiénes tengo que felicitar y a quiénes dar el pésame. Disculpadme.

—Te disculpamos porque sabemos cuánto querías a nuestra madre.

—Sí, la quería mucho.

Maruja y Marcela agradecieron a Herminia y Gerardo su presencia y condolencias.

Las hijas de la difunta, Marisol y Herminia hicieron un corrillo de conversación; Mauricio, Gerardo, Roberto y yo otro.

Unos minutos después entró en la sala un grupo de cinco personas, que se dirigieron a Mauricio. Eran compañeros de trabajo. Después dieron el pésame a Maruja y Marcela.

Gerardo fue hasta una mesa, se sirvió una taza de café, tomó un plato y lo llenó de dulces. Roberto y yo nos servimos sendas tazas de café; el mío, americano descafeinado. Vinieron a nuestro lado Marisol y Herminia.

—¿Cuándo te vas a comportar? Primero felicitas a Mauricio por la muerte de su madre y ahora te forras a dulces. ¿No has tenido bastante con lo que has comido en el banquete del bautizo?

—¡Herminia, me regañas por todo!

—¡No des motivos para que te regañe!

—Pues no es para tanto. La felicitación a Mauricio fue un despiste y me disculpé. Esta es una merienda ligera. ¿Acaso quieres que la comida se eche a perder? Tengo comprobado que los dulces de este tanatorio son de primera calidad.

—¡Vergüenza te tenía que dar lo que estás haciendo!

—Pero, Herminia, ¿qué mal estoy haciendo? No hago daño a nadie.

—¡Nos despedimos de Mauricio y de sus hermanas y nos vamos!

—Sí, pero cuando termine de merendar. Además, nos sobra tiempo para llegar a la misa de la boda.

Roberto intervino.

—¿Quiénes se casan?

—Sergio Bernardos y Flora.

—A Sergio le conozco. He hecho trabajos en la empresa de su padre, que me lo presentó hace tiempo, y he coincidido con él alguna vez. Felicítales de mi parte.

—Felicitaré a la novia, que se casa con un buen chico; a Sergio le daré el pésame, porque vaya suegra que se echa encima, y como la novia sea como la madre que la parió, seguro que se divorcian. Ahora, os digo una cosa, como se divorcien en menos de dos años les reclamo el regalo de boda.

Roberto y yo reímos.

—¡Gerardo, eres un desvergonzado! ¡Ahora sí que nos vamos!

—Herminia, no sabes encajar una broma.

Terminamos el café y los dulces y dejamos el servicio en la mesa. A continuación, nos despedimos de Mauricio y sus hermanas.

—Hasta mañana.

—Herminia, Gerardo, gracias por venir.

—Marisol, Roberto, gracias por venir. Me alegrará ver a tu madre mañana.

—Hasta siempre.

—Gracias por venir desde Madrid.

Ya en la calle, nos despedimos de Herminia y Gerardo.

—Hasta mañana.

—Sí, hasta mañana. Yo tenía pensado dedicar el día de mañana a hacer la digestión y dormir la mona, pero… ¡Vaya lugar para vernos, un cementerio!

—Gerardo, eres terrible. No sé cómo te aguanta tu mujer.

—Roberto, no sabes cuánto sufro. Siendo como eres su mejor amigo, le tenías que corregir.

—¡Pero si soy un santo!

Los cuatro rieron, yo sonreí.

Subimos al coche.

—Vamos a cenar en un restaurante muy especial. Espero que te guste.

—Me gustará.

—El restaurante es la sede social de la cofradía de la que soy socio fundador, la Cofradía Santos Zampón y Borrachín.

Reí a carcajadas.

—¿Cómo has dicho que se llama la cofradía?

—Santos Zampón y Borrachín. La fundamos Gerardo, su hermano Tomás, otros amigos y yo. Nos reunimos una vez al mes para darnos un homenaje gastronómico. Además, el restaurante nos hace un descuento del diez por ciento a los miembros de la cofradía.

—Imagino que se comerá bien.

—Se come bien y se bebe bien.

—¡Voy a disfrutar!

Roberto estacionó el coche frente al restaurante.

Cruzamos la calle. Roberto abrió la puerta del restaurante. Entramos Marisol y yo, luego él.

Me llamaron la atención dos esculturas en madera policromada, de unos sesenta centímetros de altura, que descansaban sobre sendas peanas a metro y medio sobre el suelo.

—Te presento a los santos Zampón y Borrachín. Tendrás buena suerte si al primero le dices: «¡San Zampón, tengo hambre, dame de comer!» con una mano en su barriga y la otra en la tuya y al segundo: «¡San Borrachín, tengo sed, dame de beber!» mientras te apoyas en las jarras de cerveza que sujeta con las manos, y te santiguas.

Seguí el ritual que Roberto me indicó.

Ya en la mesa, Roberto pidió para los tres el mismo menú: pulpo *á feira,* vieiras gratinadas y arroz con bogavante y para beber vino ribeiro blanco.

—En Orense es el vino que hay que beber.

Comíamos con gusto y conversábamos acerca de temas amables, sin más novedad que la presencia del camarero para retirar el servicio y servir el siguiente plato, hasta que, durante unos segundos en los que se hizo el silencio en todo el comedor, se precipitó con estrépito una ventosidad de largo desarrollo, atronadora y retumbante, procedente de la mesa más cercana a la nuestra. Contuvimos comentarios y risas, lo que nos permitió escuchar la conversación que mantuvieron dos de los comensales de la mesa donde tuvo lugar tan ruidoso episodio.

—¿No te da vergüenza pedorrear en mi cena de cumpleaños, delante de mi hermana y mi mejor amiga?

—Lo siento, Teresa. Te pido perdón.

—Esto no se arregla pidiendo perdón.

—Baja la voz, que nos están mirando.

—Nos miran por lo que has hecho, no por lo que estoy diciendo.

Una nube gaseosa, densa en su fetidez, se extendió hasta nuestra mesa. No pude ingerir bocado hasta que se disipó la pestilencia.

—¡Qué asco! ¿Qué has comido en el trabajo?

—Brócoli gratinado, perdices encebolladas y plátano.

—¡Lo que no has de comer!

—No había otra cosa.

—Haberte quedado sin comer.

—Pedimos un ambientador.

—No lo hay que oculte tan mal olor.

La segunda ventosidad fue de doble descarga, pareciendo la última el eco de la primera.

—¡Eres un cerdo! ¡Esta noche duermes en el sofá!

—¡No, por favor! Mis lumbares no lo soportarán.

—Haberlo pensado antes.

Después de que se marchasen Teresa, su hermana, su mejor amiga y su marido aerofágico realicé un comentario entre risas.

—San Zampón, san Borrachín y san Pedorro.

Contagié la risa a Marisol y Roberto.

—En la cofradía no necesitamos a san Pedorro.

El camarero nos sirvió los cafés y las cañas de Carballino.

—No nos vamos a olvidar de esta cena.

Roberto y Marisol se ofrecieron a llevarme hasta el hotel.

—Gracias, pero solo serviría para que salieseis más tarde hacia Lalín. Además, me vendrá bien dar un paseo.

Nos despedimos.

Me encontré con una amiga en el vestíbulo del hotel.

—¡Buenas noches, Ana! ¡Qué sorpresa!

—¡Buenas noches, David!

Nos saludamos.

—No nos veíamos desde tu último viaje a Lugo.

—Hemos hablado por teléfono, pero solo por una casualidad nos volvemos a ver.

—¿Qué te ha traído a Orense?

—Un compromiso familiar ya atendido.

—¿Eso quiere decir que mañana regresas a Madrid?

—Sí.

—¿A qué hora inicias el viaje?

—Después de desayunar.

—¿Tienes prisa por acostarte?

Miré el reloj.

—Es temprano.

—Te propongo una noche de café y conversación con mi amiga Sabrina.

—¿Dónde?

—En la terraza-jardín del hotel.

—De acuerdo.

—Sabrina no tardará en venir, es muy puntual.

—Te devuelvo la pregunta, ¿qué te ha traído a Orense?

—Pasar unos días con mi amiga Sabrina. Somos buenas amigas desde hace años. Mañana, después de comer, regreso a Lugo.

Una mujer se acercó a nosotros; esta y Ana se saludaron. Ana nos presentó.

—Un placer.

—El placer es mío.

Pasamos a la terraza-jardín del hotel. Un camarero nos acompañó hasta una mesa y tomó nota de lo que íbamos a consumir.

—Sabrina es una periodista excelente. Ahora está ocupada en una serie de artículos muy interesantes.

—Me sobrevaloras.

—¿Cuál es la temática de tus artículos?

—Costumbrista, de género.

—Les da un enfoque muy personal.

—Me está permitiendo conocer lugares, actividades profesionales y personas singulares.

—Si mañana no te fueses tan pronto nos podrías acompañar, verías cómo trabaja Sabrina y conocerías personas y sitios interesantes.

El camarero sirvió las consumiciones solicitadas.

—Podría entorpecer el trabajo de Sabrina.

—En absoluto entorpecerías mi trabajo.

—Si te quedases más días la podrías acompañar en sus actividades.

—Me gusta viajar y trabajar en buena compañía.

—¿Por dónde te vas a mover?

—Por la provincia de Orense.

—Es una propuesta irresistible. Pero antes, para poder prolongar mi estancia, tendría que resolver un par de asuntos.

—A ver si hay suerte y los resuelves.

—Crucemos los dedos.

Conversamos hasta la medianoche.

La feria de los quesos gallegos de Orense y la leyenda del Santo Cristo

Ana estaba sentada en uno de los sillones del vestíbulo del hotel leyendo un periódico.

—¡Buenos días, Ana! Te pido disculpas por haberte hecho esperar.

Ana levantó la mirada, sonrió y se puso de pie.

—¡Buenos días, David! Disculpado. ¿Desayunamos?

—Sí.

Accedimos al comedor. Nos sentamos en una mesa con vistas a la calle.

—¿Has podido arreglar tus asuntos pendientes?

—Sí. Y haberlos solucionado me va a permitir alargar unos días mi estancia en Orense.

—Podrás acompañar a Sabrina en sus salidas.

El camarero vino hasta nuestra mesa.

—¿Qué desean tomar?

—Café solo.

—Café americano descafeinado.

Fuimos al bufé y nos servimos cada uno un plato de fruta y otro de bollería.

El camarero nos sirvió los cafés cuando nos vio sentados a la mesa.

—Gracias.

—De nada. Si me necesitan…

—Muy amable.

El camarero se retiró.

El primer bocado de melón me refrescó y arrancó una sonrisa.

—Sabrina me hará una llamada perdida cuando salga de casa.

—Ayer me dijiste que sois buenas amigas, ¿cuándo y dónde os conocisteis?

—Hace diez años. En aquel entonces me ganaba la vida como reportera gráfica en el periódico en el que Sabrina sigue trabajando.

—¿Cómo valoras aquel trabajo?

—Ser reportera gráfica me permitió aprender deprisa muchas destrezas, que, años después, me siguen siendo de utilidad.

Sonó el móvil de Ana.

—Es Sabrina.

—¿Cuánto tiempo tardará en llegar?

—Unos diez minutos.

Extendí la mantequilla y la mermelada de naranja amarga sobre un cruasán tostado. ¡Qué bien me supo!

—Deduzco que prefieres tu actual etapa profesional.

—Sin duda. Puedo combinar el trabajo para instituciones públicas y empresas privadas, ajustado a unas exigencias, pero bien remunerado, con el artístico, muy gratificante.

—¿Cómo lo compaginas?

—La fotografía artística solo la practico cuando mi actividad profesional me lo permite.

—Primero la obligación y después la devoción.

—Sí, así es.

—¿En qué estás ocupada en estos momentos?

—La próxima semana realizaré las fotografías para la campaña de otoño de una firma de moda.

—¿Tienes algún proyecto artístico a la vista?

—Sí. Lo voy a titular *Luces en la niebla*. Quiero estudiar el impacto visual de luces artificiales de distintos colores e intensidad en un entorno urbano y desierto, veladas por la niebla.

El primer sorbo de café fue un deleite para el paladar.

—¿Qué haces con las series fotográficas artísticas?

—Las subo a mi web. Cualquier persona puede comprar una reproducción de la fotografía que desee en el formato que le convenga.

—Me parece interesante.

—Me da lo que busco: crear al margen de las tendencias que marcan las galerías de arte y aumentar mis ingresos.

El segundo sorbo de café me supo mejor que el primero.

Sabrina golpeó la cristalera con las yemas de los dedos de la mano derecha.

—¡Qué pronto ha llegado!

Terminamos el café, nos levantamos y salimos del comedor. En unos segundos llegamos junto a Sabrina.

—¡Buenos días a los dos! He tardado menos de lo previsto porque encontré todos los semáforos abiertos.

—¡Buenos días!

—¡Amiga mía, has tenido suerte! Es más probable encontrar todos los semáforos en rojo que en verde.

—A ver si nos acompaña la buena suerte todo el día.

—¿A dónde vamos hoy?

—A un par de sitios que, estoy segura, os gustarán.

—Pero no nos dices a dónde vamos.

Sabrina sonrió.

Anduvimos unos cincuenta metros hasta donde Sabrina había estacionado el coche; yo fui detrás de ellas para dejar paso a los viandantes que venían de frente.

Como tengo costumbres o manías —según se mire o quién las mire— muy arraigadas, ocupé, como siempre, el asiento posterior al del copiloto cuando este va ocupado.

Sabrina arrancó el vehículo, se incorporó a la circulación e inició la conversación.

—Primero iremos a la Fábrica de Quesos Blanco-Solís, S. L. Su cofundador y copropietario será nuestro guía, nos enseñará el proceso de elaboración de los quesos y nos ofrecerá una degustación. Después visitaremos la Feria de los Quesos Gallegos de Orense, donde comeremos.

—Una mañana completa.

—David, ¿qué te parece el plan?

—Interesante, porque será la primera vez que visite una fábrica de quesos, y perfecto, porque cualquier plan que incluya comer bien es un plan perfecto.

Reímos.

Me aislé durante unos minutos de la conversación que mantenían Ana y Sabrina. Me ensimismé en la contemplación del discurrir manso del río Miño.

Primero me interpeló Ana, después Sabrina.

—David, ¿te parece bien?

—Me parece bien.

—¿Por qué dices que te parece bien si llevas un buen rato ausente?

—Porque sé que Ana es persona de criterio correcto. Y, siendo como sois buenas amigas, el tuyo también lo será. Habéis tomado la decisión acertada.

—No hemos decidido nada.

Reímos.

—Estaré de acuerdo con lo que decidáis.

—Te tomamos la palabra y te negamos los derechos de réplica y protesta.

—Vale.

Sonreímos.

Llegamos a la Fábrica de Quesos Blanco-Solís, S. L. Nos atendió un empleado.

—Buenos días. Soy Sabrina Miranda González. Tengo una reunión con don Héctor.

—Buenos días. Espere un momento. Iré a llamar a don Héctor.

Apenas esperamos un par de minutos.

—¡Buenos días, Sabrina! ¡Por fin, nos conocemos!

—¡Buenos días, don Héctor!

—Vamos a tratarnos de tú.

—Le presento…

—Te presento…

Sabrina sonrió.

—Te presento a dos amigos, Ana, fotógrafa, y David, docente.

Nos saludamos.

—Seguidme. Os enseñaré las instalaciones y os explicaré cómo producimos nuestros quesos.

Accedimos a un espacio diáfano y luminoso.

—Aquí podéis ver fotografías de mis padres y de momentos importantes en la historia de la empresa y en las vitrinas los premios que hemos recibido.

—Mis felicitaciones. Hay un buen número de premios nacionales e internacionales.

—Desde el primer día hemos trabajado duro para obtener quesos de primerísima calidad.

—He visto en la web corporativa que la empresa la fundasteis tú y tu hermana.

—La empresa la debieron haber fundado nuestros padres, pero fallecieron en un accidente de tráfico. Mi hermana y yo decidimos que la mejor manera de honrar su memoria era sacar adelante su proyecto empresarial. La empresa la fundamos en 1991.

Pasamos al área de elaboración de los quesos.

—Nuestro producto estrella es el queso de tetilla. Es uno de los cuatro quesos gallegos que cuenta con el reconocimiento de la Denominación de Origen; los otros tres son Arzúa-Ulloa, Cebreiro y San Simón da Costa.

Vimos los tanques de leche.

—Esta es la leche con la que elaboramos el queso de tetilla; es leche de vaca de las razas frisona, parda alpina y rubia gallega. Exigimos a nuestros ganaderos que la producción sea ecológica. Nosotros tampoco utilizamos producto químico alguno. Queremos que todo sea natural.

—¿Cómo lleváis a cabo la coagulación de los quesos?

—Con extracto de cuajo natural, a una temperatura de entre 30 y 34 °C y entre treinta y sesenta minutos. Retiramos parte del suero liberado y, en ocasiones, realizamos un lavado con agua para disminuir la acidez.

Sabrina grababa en el móvil las explicaciones de don Héctor, yo las anotaba en una libreta y Ana prestaba atención.

—Estos son los moldes con los que damos a los quesos su forma tan característica. Luego los prensamos durante el tiempo necesario y los salamos en una cuba o en salmuera durante un máximo de veinticuatro horas. El peso de los quesos oscila entre el medio kilo y el kilo y medio; en cuanto a su altura, esta ha de ser mayor al radio e inferior al diámetro, entre nueve y quince centímetros.

—¿Durante cuánto tiempo han de estar madurando estos quesos?

—Siete días a partir del día de su elaboración, a una temperatura de 4 °C y una humedad del 70 %. Y dos datos para terminar: el porcentaje de materia grasa no ha de ser inferior a 45 y el pH entre 5 y 5,5.

Don Héctor nos enseñó quesos aptos para el consumo.

—Este etiquetado garantiza que son quesos Denominación de Origen Queso de Tetilla.

—Muchas gracias. Ha sido una explicación muy didáctica e instructiva.

—Ahora viene lo mejor, la degustación.

Nos dirigimos a un salón.

—Os presento a mi hermana, Caridad.

Nos saludamos.

—Se ocupa de las finanzas y las relaciones institucionales de la empresa. Gracias a ella la compañía es solvente y crece en su proyección nacional e internacional.

Probamos una porción de queso.

—¿Os gusta?

—¡Sí, mucho!

Asentí mientras masticaba. Para reafirmar cuánto me gustaba tomé otra porción de queso.

—Es muy cremoso.

—Un queso de tetilla de calidad ha de ofrecer una textura blanda, cremosa y uniforme, de olor y sabor suaves y de color blanco marfil o amarillento, que contraste con el de la corteza, que ha de ser amarillo pajizo.

También comimos pan de Cea y bebimos una taza de vino ribeiro blanco.

Sabrina preguntó a Caridad y Héctor por los proyectos en los que estaban ocupados.

—Consolidarnos en los mercados que ya estamos presentes, darnos a conocer en otros, finalizar la digitalización de la empresa y potenciar aún más la tienda virtual. Hemos de llegar a más clientes.

—También crear nuevos productos a partir de nuestros quesos. Estamos pensando en postres orientados hacia el mercado de proximidad.

Caridad nos regaló un queso de tetilla a cada uno.

Salí de la Fábrica de Quesos Blanco-Solís, S. L. convencido de que es una empresa llamada a crecer gracias al empeño y buena gestión de Caridad y Héctor y al buen hacer de los empleados.

De regreso a Orense mantuvimos una animada conversación.

—He conseguido información suficiente para el artículo que voy a publicar.

—Me llamarán para realizar las fotografías de su próxima campaña publicitaria.

—He aprendido cosas que no sabía.

—Creo que has disfrutado más de lo comido que de lo aprendido.

Reímos.

—Ana, ¿me estás llamado zampón?

—¡No! En absoluto. Pero has sido el que más has comido de nosotros.

—No haber comido lo que nos sirvieron habría sido una descortesía para con los anfitriones.

—¡Ya!

—Además, el ribeiro se me habría subido a la cabeza de no haber comido esas porciones de queso.

—Excusas de buen zampón.

—¡Qué bien me conoces!

Reímos.

Sabrina intervino en la conversación.

—Si te gusta comer tanto como dice Ana lo pasarás bien en la Feria de los Quesos Gallegos de Orense, a la que iremos más tarde. Pero antes iremos a comprar ropa.

—Has de saber que ir de compras lo dejamos para el último día.

—Me parece un plan perfecto. El día es largo y hay que aprovecharlo desarrollando la mayor cantidad de actividades. Es la manera más inteligente y eficaz de combatir el aburrimiento.

Sabrina aceleró en un tramo de carretera en el que estaba permitido circular a más velocidad.

Vi que por la otra orilla del río Miño serpenteaba una línea férrea y que por ella se desplazaba un tren cerealero.

Una vez entramos en Orense, Sabrina hubo de detenerse ante varios semáforos; ante el tercer disco en rojo, comenzó a golpear el volante con las yemas de los dedos.

—¡Para, Sabrina! Me pones nerviosa.

Sabrina sujetó el volante con la mano izquierda y con la derecha la palanca del cambio de velocidades.

—Estamos perdiendo el tiempo antes ganado.

—Nos quedará el suficiente para comprar sin prisas.

Sabrina miró el reloj.

—Tienes razón.

—Además, sabemos qué vamos a comprar y dónde.

—Nunca he tenido paciencia para los semáforos en rojo.

El semáforo se puso en verde.

—¡Por fin!

Sabrina inició la marcha, aceleró y pasó un par de semáforos en ámbar y otros en verde.

—La suerte ha cambiado.

—Aprovecha para comprar un décimo de lotería.

Reímos.

—¡David, qué cosas tienes!

—Hay que saber interpretar las señales.

—¿Qué señales?

—Los semáforos en verde.

—Tú sabrás.

—¡Hoy compro lotería!

Más risas.

Sabrina estacionó el coche.

—Ahora es nuestro momento, nos entretendremos comprando ropa. ¿Lo soportarás?

—Lo soportaré.

—¿Con buena cara?

—Con la mejor de las caras.

—¡Esa es la actitud!

Bajamos del coche.

—Esperad un momento.

—No hay tiempo que perder.

—Será un minuto.

Entré en una administración de lotería. No dudé en el número de lotería a comprar. Salí a la calle sonriente.

—Para ti, para ti, para mí.

—¿Nos regalas un décimo de la lotería del sábado?

—No es un décimo de lotería cualquiera.

—¿Qué tiene de especial?

—Termina en 357. Ana tiene tres letras, David cinco y Sabrina siete. ¡Es nuestro décimo de la suerte!

—¿Eres supersticioso?

—¡No! Pero hay que saber leer las señales.

Lo afirmé de manera rotunda, abriendo los ojos, levantando la mano izquierda con la que sujetaba el décimo de lotería y agitándolo.

—¡Ay, tú y tus señales!

Reímos.

Guardamos los décimos de lotería en nuestras carteras.

Caminamos hasta una tienda especializada en ropa vaquera. Ana y Sabrina se detuvieron ante el escaparate y observaron los modelos expuestos.

—Ya he decidido los dos modelos que voy a comprar.

—Yo también compraré dos conjuntos.

Accedimos a la tienda. Los tres saludamos al unísono.

—¡Buenos días a los tres! Sabrina, Ana, me alegra volver a veros en mi tienda. ¿Quién os acompaña?

—David, un amigo.

—¿En qué os puedo ayudar?

—Me gustan dos modelos, el blanco y el negro.

—Yo me quiero probar otros dos, el amarillo y el azul multicolor.

El dependiente les sirvió los modelos. Se dirigieron a los probadores.

—Cada una sabe lo que va a comprar, pero las dos se probarán los cuatro conjuntos.

—Parece que las conoce bien.

—Sí. Son clientes desde hace años. Sé sus tallas y sus gustos. Cuando recibo la colección de cada temporada las aviso para comunicarles que les he reservado unos conjuntos.

—Usted proporciona una atención personalizada y exclusiva.

—Es la única manera de tener contento al cliente y fidelizarlo.

Observé el establecimiento.

—Tiene una tienda muy cómoda para el cliente, muy bien ambientada y decorada de manera elegante.

—Si el cliente se encuentra cómodo y es bien atendido compra más.

—Usted y los clientes salen ganando, cada uno a su manera.

—Sí, esa es mi filosofía comercial.

—Conoce su oficio. Mis felicitaciones.

—Gracias.

Sabrina apareció vistiendo el modelo blanco y Ana el azul multicolor.

—Estáis preciosas, radiantes.

—Eres un adulador, pero me gusta que lo seas.

Sonrieron.

—David, ¿usted qué opina?

—Dos mujeres bellas y elegantes.

—Cierto.

Sabrina y Ana volvieron al probador; la primera regresó vistiendo el modelo negro y la segunda el amarillo.

—David, ¿qué te parecemos con estos modelos?

—El negro hace que tu belleza sea cautivadora e intimidatoria y la elegancia es sobria; el amarillo hace que tu belleza y elegancia sean cálidas.

El dependiente preparó los cuatro conjuntos en otras tantas bolsas; intervine cuando iba a entregárselas a Ana y Sabrina.

—He venido para dar mi opinión y llevar las bolsas.

—Así da gusto.

—¡Qué suerte tenéis!

Sabrina y Ana abonaron el importe de la compra.

—¡Adiós, Álvaro!

—Avísanos cuando te llegue ropa que nos pueda gustar.

—Lo haré. ¡Adiós a los tres!

Salimos de la tienda. Nos dirigimos al coche de Sabrina. Guardamos las bolsas en el maletero.

Llegamos a la Feria de los Quesos Gallegos de Orense a la hora de comer. Yo lo hice con la disposición adecuada, con apetito y una sonrisa.

—Son muchos los puestos.

—Será complicado que podamos visitar todos.

—Hemos de ser selectivos.

—Propongo empezar por aquellos que ofrecen quesos con Denominación de Origen, excepto el queso de tetilla, que ya probamos esta mañana.

Nos dirigimos a un puesto que exhibía quesos de Cebreiro. La dependiente nos sirvió unas porciones, que probamos con gusto.

—¡Excelente!

—Pueden repetir.

—Es la primera vez que lo pruebo. Le encuentro un sabor parecido al de un yogur ácido.

—Así ha de saber.

Escuché con atención las explicaciones de la dependiente, pero presté más atención a saborear la segunda porción de queso.

—Este queso se hace con leche de vaca, se guarda en hórreos y madura durante meses. Estuvo cerca de desaparecer a finales del siglo XX, dado que solo se producía para el autoconsumo. Gracias a la Denominación de Origen Queixo do Cebreiro se ha recuperado y popularizado.

—Y para que sigan creciendo las ventas, y porque me ha gustado, le voy a comprar un queso. Además, es un queso muy simpático.

—¿Por qué?

—¡Porque tiene forma de gorro de cocinero!

La dependiente tardó un instante en servirme el queso. Lo recibí con un gesto de agradecimiento en respuesta a su sonrisa.

A continuación, nos detuvimos ante un puesto que vendía queso San Simón da Costa.

—Este es el queso que como en Cambados. Se hace con leche de vaca y se ahúma con leña de abedul.

—¡Hay que probarlo!

Ana y Sabrina comieron una porción; yo compré un queso después de probar dos porciones.

Sabrina grababa audios en el móvil a modo de notas para su próximo artículo.

—Nos queda por probar el queso Arzúa-Ulloa.

Ana hizo un gesto indicando el puesto que vendía ese queso.

—¡Hola! Por favor, póngame un queso.

—¿No prefiere probarlo antes de comprarlo?

—Es un queso que me gusta. Es el queso que como cuando visito a mi familia en Friol, en Lugo. Pero no le voy a hacer el desprecio de no probarlo después de habérmelo ofrecido.

Comí una porción.

—¡Qué bien sabe! Se distingue una acidez suave.

—Tome otra porción.

—¡Gracias!

Ana me hizo una fotografía mientras comía la segunda porción de queso.

—Me encanta verte comer porque se aprecia que disfrutas comiendo.

Sonreí.

—Esto solo ha sido el aperitivo. Hay que buscar un sitio en el que comer.

Reímos.

Me gustó el aspecto rústico del restaurante, decorado con elementos del agro, recortes de periódicos y fotografías añejos enmarcados; el mobiliario era de madera.

—¿Quieres seguir probando quesos de Galicia?

—¡Sí, claro!

Sabrina pidió al camarero que trajese una tabla con porciones de quesos Marianne, Mouro y Xiros, pulpo a la brasa y cerveza tostada.

—¿Qué me puedes decir de los quesos que has pedido?

—Los tres quesos los hacen con leche de vaca; el Marianne, de Silleda, lo dejan madurar envuelto en heno; el Mouro, de Eume, lo lavan en una infusión de café y canela, lo que le da un aspecto oscuro y un aroma torrefacto; y el Xiros, de Guitiriz, tiene aroma a cueva.

—¡Estoy deseando comerlos!

—¿Solo piensas en comer?

—Soy capaz de pensar en más cosas, pero ahora toca pasarlo bien comiendo, bebiendo y conversando.

El camarero nos sirvió la tabla de quesos, la cerveza tostada y el pan de Cea.

—Primero brindaremos por nosotros.

Levantamos las jarras, brindamos y bebimos. La cerveza me refrescó.

—¡A comer!

—En la fábrica y en la feria te he visto grabar audios. Sin duda, para tus próximos artículos. ¿Cuándo los publicarás?

—Mañana.

—Pasarás la tarde escribiendo.

—Los escribiré después de cenar. El esquema de los artículos lo tengo en la cabeza y con los audios y las notas para documentarme, que tomé estos días y que tengo en casa, me llevará poco tiempo escribirlos.

—Escribes deprisa.

—Sí, casi siempre de un tirón.

—Tienes agilidad mental.

—Los periodistas hemos de tener esa cualidad.

Bebimos.

—¿Qué queso te ha gustado más?

—No lo sé. Los tres me han gustado. Me los apunto para próximas compras.

El camarero retiró el servicio y nos trajo el pulpo a la brasa.

—El pulpo *á feira* nos gusta como entrante y el pulpo a la brasa como plato principal.

Probé el pulpo a la brasa.

—Muy sabroso.

—¿Te gusta?

—Me gusta.

—Te durará poco en el plato.

—Saborearé cada bocado. Pero, sí, me durará en el plato menos que a vosotras. ¡Brindemos por el pulpo a la brasa!

Reímos, brindamos y bebimos.

—¿Tu desempeño como periodista siempre lo has realizado como articulista?

—Sí.

—¿Siempre en el mismo periódico?

—Sí, pero en distintas secciones.

—¿En qué sección has disfrutado más y en cuál menos?

—En la que menos en la de nacional; no me gusta la política, solo sirve para envenenar a las personas y enrarecer la convivencia. Cuando más estoy disfrutando es ahora, que estoy conociendo a personas de toda condición, lo que me enriquece a nivel humano.

—Unas observaciones muy interesantes.

—Espero que te guste acompañarme.

—Me gustará.

Terminamos de comer el pulpo a la brasa.

Sabrina pidió tarta de orujo para los tres.

—Todos los dulces de este restaurante son buenísimos, pero la tarta de orujo es suprema.

—También a ti te gusta comer.

—¡Sí, claro! ¡Y lo que más me gusta son los dulces! Luego los quemo haciendo deporte.

Probé la tarta de orujo.

—Tienes razón, es exquisita.

Ana y Sabrina conversaban, yo comía. Terminé la tarta antes que ellas.

—Veo que te ha gustado la tarta.

—Mucho.

—Tanto que no has participado en la conversación.

—Apuesto a que no has prestado atención a lo que hemos hablado.

—No, no he prestado atención. Os pido disculpas.

—No pasa nada. Resulta gracioso.

Sus sonrisas fueron simpáticas.

—¿Cómo te encuentras?

—Mi estómago es una pelota de queso.

Reímos.

—No me extraña.

—Creo que el pulpo a la brasa se ha convertido en queso.

Reímos.

—Eso se arregla con un café y un licor de hierbas.

Sabrina llamó al camarero.

—¿Qué más desean?

—Licor de hierbas para los tres, y para mí un café solo.

—Para mí otro.

—Mi café que sea americano descafeinado.

—No hay quien te saque del americano descafeinado.

—¡Es mi café!

El camarero nos sirvió de manera diligente.

Los tres saboreamos el bombón que acompañaba nuestro café.

—¡Qué rico!

—Muy suave.

—Igual de suave que el café.

—Por suave que sea le echaré azúcar.

—Nunca echo azúcar al café que sirven en este establecimiento.

Ana y yo removimos el café para disolver el azúcar; ella movió la cucharilla en sentido contrario a las manecillas del reloj.

—¿Qué haremos esta tarde?

—Los orensanos tenemos un poema que dice:

> *Tres cosas hay en Orense,*
> *que no las tiene España:*
> *el Santo Cristo, el Puente,*
> *y las Burgas hirviendo agua.*

—¿Cuál quieres visitar primero?

—El Santo Cristo, es decir, la catedral, edificio que no visito desde hace demasiado tiempo.

—Allí iremos en un rato. Seré vuestra guía turística.

—Una guía de lujo.

—Si no hubiese sido periodista habría sido guía turística.

—Dos profesiones muy distintas.

—Pero dinámicas.

El café me gustaba más a cada sorbo que daba.

—Empezamos la comida brindando con cerveza y la terminaremos brindando con licor de hierbas. ¡Por nosotros!

—¡Y por nuestros proyectos!

—¡Y por unos días felices!

Brindamos. Bebimos el licor de hierbas de un trago.

Sabrina pidió la cuenta; pagamos a escote.

Accedimos a la plaza Mayor. Las mesas de las terrazas estaban ocupadas por lugareños y turistas tomando consumiciones.

—Me gusta lo que veo; el ambiente es amable y hay edificios que llaman la atención.

—Lo más original de esta plaza y lo que la hace singular entre las plazas mayores de España es su forma irregular, de trapecio escaleno, y su ligera pendiente.

La plaza cuenta con soportales en tres de sus lados. Sobre ellos descansan las fachadas de casas levantadas durante los siglos XVIII y XIX, destacando la de Fermín García, de estilo modernista, obra del arquitecto Daniel Vázquez-Gulías Martínez.

Nos situamos frente a la sede del ayuntamiento.

—Esta es la tercera casa consistorial de Orense. Las anteriores se levantaron en 1516 y 1700, pero se vinieron abajo.

—Esta tiene aspecto sólido; no amenaza con derrumbarse.

—Se finalizó en 1888 según proyecto y dirección del arquitecto José Antonio Queralt Rauret.

El edificio presenta tres pisos marcados por cornisas y recorridos por pilastras; el primero ofrece tres arcos de medio punto de gran tamaño, que descansan sobre pilares con columnas adosadas, el segundo asoma a un balcón y el tercero cuenta con tres vanos geminados. Frontones curvos coronan puertas y vanos. El edificio está rematado por una cornisa, el escudo simplificado del emperador Carlos V y un reloj bajo un arco de herradura.

—Me habría gustado poder acceder al interior del ayuntamiento. Habríamos visto la escalera central, el Salón Noble y la cristalera con el escudo de la ciudad. Los tres elementos son de gran belleza.

—Los veremos en otra ocasión.

Un turista fotografió la fachada del edificio consistorial; luego se alejó.

—David, nunca te he visto hacer una fotografía de ningún edificio.

—Hago pocas fotografías. Sé que no soy un buen fotógrafo.

Abandonamos la plaza Mayor; tomamos la calle Arcedianos, angosta y granítica.

Llegamos a la plaza de San Martín. Ante nosotros una vista monumental formada por la fachada occidental de la catedral homónima y la escalinata que salva el desnivel entre la plaza y la seo.

—Hasta finales de la década de los cincuenta del siglo XX la fachada de la catedral asomaba a un balcón. Fue entonces cuando se construyó la escalinata, obra del arquitecto Francisco Pons-Sorolla y Arnau. Fue una solución inteligente, que sirvió para revitalizar esta parte del centro de la ciudad. Por debajo de la escalinata discurre un tramo de la calle de las Tiendas.

La fachada occidental de la catedral de San Martín está flanqueada por la torre de las Campanas y la de San Martín, esta inacabada, ambas del siglo XVI. Cuenta con tres accesos, que dan paso a las naves de la catedral; el central es de mayores proporciones y está dividido por un parteluz; los arcos son de medio punto.

—La catedral se consagró en 1188, pero sobre este solar debió existir una anterior, que habría mandado edificar el rey suevo Carriarico a mediados del siglo VI.

—En mi primera visita a esta catedral me explicaron que un hijo de Carriarico enfermó de lepra. Su padre, aun siendo arriano, mandó traer reliquias de san Martín de Tours, que propiciaron la curación de su hijo. Por ello, Carriarico se convirtió al catolicismo, y con él sus súbditos. El obispo e historiador Gregorio de Tours lo cuenta en *Historia Francorum*.

Accedimos al nártex, cubierto por una bóveda estrellada. Observamos en silencio, deslumbrados, el pórtico del Paraíso, de mediados del siglo XIII, de autor desconocido, pero, sin duda, seguidor del maestro Mateo, autor del pórtico de la Gloria de la catedral de Santiago de Compostela. Aparecen representados profetas del *Antiguo Testamento* y apóstoles, identificados por su nombre, los ancianos músicos del Apocalipsis de san Juan, ángeles y figuras de diversa naturaleza, estas relacionadas con diversas calamidades; también se reconocen en una posición central las imágenes del apóstol Santiago, empuñando una espada, la Virgen del Consuelo con el Niño, Cristo, Dios Padre y san Martín de Tours portando capa. Las figuras están policromadas con óleo y pan de oro. El conjunto escultórico cumplía una función catequética.

Pasamos al interior de la catedral. La planta es de cruz lati-na. El brazo mayor cuenta con tres naves, la central de mayores proporciones, divididas en ocho tramos por pilares cruciformes con columnas adosadas, las cuales soportan bóvedas de crucería reforzadas con arcos doblados y apuntados. La cabecera no es la original triabsidial, es el siglo XVII; presenta una girola hemiesférica que rodea el altar mayor y cuenta con cinco capillas, de la Conversión de san Pablo, de santa Isabel, de la Inmaculada, de la Resurrección y de la Virgen de la Asunción. Del altar mayor nos llamó la atención el retablo, obra de Cornelis de Holanda, finalizado en 1520 en estilo gótico. El transepto es de una sola nave, dividido en cuatro tramos a ambos lados del crucero y cubierto de la misma manera que la nave central. El crucero lo cubre un cimborrio sobre pechinas, tambores para ganar altura y cúpula estrellada de ocho puntas, obra de Rodrigo de Badajoz en estilo gótico, concluido en 1505.

Nos dirigimos a la capilla del Santo Cristo, que se encuentra en el lado norte del transepto.

—La del Santo Cristo es la imagen de la catedral más visitada por turistas y creyentes y la más venerada por estos.

La talla del Santo Cristo es de estilo gótico. El realismo que la distingue se debe a ser de tamaño natural, presentar boca abierta, dentadura y uñas postizas, cabello natural, herida en el costado derecho, llagas por el cuerpo y estar coloreado con pigmentación bermeja, imitando la sangre derramada. El Santo Cristo está sujeto a la cruz con tres clavos, la cabeza está ladeada hacia su derecha y viste falda hasta las rodillas de color rojo y adornos dorados, simbolizando la Pasión y la Gloria.

—La leyenda dice que la imagen del Santo Cristo es obra de Nicodemo, testigo de la Pasión de Jesús de Nazaret; que los tripulantes de un barco, quizá inglés, arrojaron al mar una caja con la imagen en el interior en medio de un temporal; que este cesó cuando la talla alcanzó Finisterre; y, por último, que don Vasco Pérez Mariño, obispo de Orense, natural de Finisterre, trasladó la imagen a la catedral en los años treinta del siglo XIV.

El sepulcro del obispo don Vasco Pérez Mariño, de estilo gótico, se encuentra a pocos metros de la capilla del Santo Cristo.

Abandonamos la catedral por la portada sur.

—Te quiero enseñar el relieve *San Martín a caballo*.

—¡Vamos!

Dejamos atrás las plazas del Trigo y de las Damas y tomamos la calle San Martín.

—Aquí lo tienes, en la torre catedralicia homónima.

Se trata de un altorrelieve cobijado en una hornacina. El santo aparece montando a caballo, empuñando una espada.

—Es de estilo renacentista.

—Es del siglo XVI. Se desconoce el autor.

Recorrimos la calle de las Tiendas, llena de viandantes, hasta la plaza Mayor.

—Hemos completado la ruta de hoy.

—Me ha gustado.

—Otro día daremos otra vuelta por el centro.

—Tengo que volver a Lugo.

—Y yo tengo que escribir el artículo.

Nos despedimos de Ana.

—En cuanto pueda te devuelvo la visita.

—Te espero.

—Nos volveremos a ver.

—En un próximo viaje.

Me despedí de Sabrina hasta el día siguiente.

Regresé al hotel. Después de una cena temprana y frugal —una ensalada y fruta—, me retiré a mi habitación. Busqué artículos de Sabrina en internet, que leí con atención.

Don Abelardo, su loro y un incendio

Sonó el móvil.

—Hola, Sabrina, ¿qué sucede?

—David, te recojo en diez minutos.

—¿Tan temprano? ¡No son ni las seis de la mañana!

—Cuando te recoja serán más de las seis. Luego te explico el motivo de tanta prisa.

Sabrina puso fin a la llamada.

Miré el móvil durante un par de segundos y lo dejé sobre la mesita de noche. Me tendí sobre la cama.

—Tengo tiempo.

Unos segundos después rectifiqué:

—No tengo tiempo. Sabrina me ha dado solo diez minutos, y si encuentra los semáforos en verde llegará en menos tiempo. Además, a estas horas no hay tráfico. ¡Llegará en ocho minutos! ¿Por qué hablo solo?

Salí de la cama disparado hacia el cuarto de baño. Me duché, sequé y vestí tan deprisa como fui capaz. Sonó la alarma del móvil.

—¡Son las seis y cinco, ya han pasado diez minutos! ¿Por qué sigo hablando solo?

Metí el móvil en el bolsillo izquierdo del pantalón y la cartera monedero en el derecho. Cerré la habitación, bajé las escaleras y crucé el vestíbulo del hotel.

—¡Buenos días, señor!

—¡Buenos días! ¡Tengo prisa!

Salí del hotel.

Sabrina detuvo el coche delante de mí. Subí al vehículo, ocupé el asiento del copiloto, me abroché el cinturón de seguridad y bajé un par de dedos la ventanilla del coche para respirar aire fresco. Sabrina reanudó la marcha.

—He tardado doce minutos porque encontré los semáforos en rojo.

—¡Mil gracias a los semáforos en rojo!

—¡Son desesperantes!

—Gracias a ellos no te he hecho esperar, lo que habría sido más desesperante y descortés.

Sabrina sonrió.

—¿A dónde nos dirigimos?

—Lo sabrás cuando lleguemos.

—Un viaje a ciegas.

—En este viaje no importa el lugar de destino y sí la persona que conoceremos y lo que nos enseñará.

—¿Quién es esa persona?

—Don Abelardo San Marcos Sanz-Bernardos.

—Tiene nombre aristocrático.

—Es un excéntrico entregado al coleccionismo, al conocimiento y a la creación artística.

—Será una persona culta.

—Culta y solitaria. Apenas recibe visitas.

—¿Por qué nos recibe?

—Le solicité una reunión hace más de un año. Me llamó esta madrugada comunicándome que me podía recibir esta mañana. Le pedí permiso para que me acompañases.

—Gracias por acordarte de mí.

—Como historiador, pensé que te interesaría.

—Y me interesa. Será una visita muy aleccionadora.

Sabrina se incorporó a una autovía; aceleró el coche hasta circular al límite de velocidad permitido. Subí la ventanilla del coche.

—Esta visita te inspirará un nuevo artículo.

—¡Sí, claro! Pero antes de publicarlo he de tener el visto bueno de don Abelardo.

—Ayer por la noche estuve leyendo en internet artículos tuyos publicados en los últimos meses. Escribes muy bien; tienes un estilo directo, con vocabulario culto, pero accesible. Leerte es ameno.

—Gracias por los cumplidos.

—¿Te has planteado ser escritora?

—Hace años me lo planteé y lo descarté.

—¿Por qué?

—Nunca pasaría de ser una escritora de tantas.

—No te menosprecies.

—Antes de ser escritora tendría que tener escritas dos o tres buenas novelas de distintos géneros, corrijo, no han de ser buenas, han de ser comerciales, porque todo es un negocio, y antes de publicarlas tendría que ser conocida por mi actividad profesional y estar bien relacionada; de lo contrario, estaría condenada al fracaso comercial. Además, la literatura dejará de ser una opción de ocio de masas en una generación.

—Me parece una afirmación muy atrevida. A medida que voy cumpliendo años leer me gusta más. Leer un buen libro proporciona conocimientos y un placer intenso.

—Me estás dando la razón. ¿Cuántos jóvenes tienen el leer novelas como primera opción de ocio?, ¿cuántos jóvenes leen poesía o teatro? El consumo de videojuegos y de series en plataformas digitales sigue creciendo.

—¿No te atrae el reto intelectual de escribir historias?

—Sí, pero terminarían en un cajón. Sería mucho esfuerzo para nada.

—Yo las leería con el mismo interés con el que he leído tus artículos.

Sabrina sonrió.

Un coche estaba detenido en el arcén. Su conductor, con chaleco amarillo reflectante, apoyado en un poste kilométrico, hablaba por el móvil.

—Ha elegido un mal día para tener una avería.

—¿Por qué?

—Una parte importante de los gruistas de Galicia han ido a la huelga.

Sabrina abandonó la A-52 y tomó la AG-31.

—Si nuestro destino es Celanova estoy de suerte. Después de reunirnos con don Abelardo podríamos visitar el monasterio de San Salvador y la capilla mozárabe de San Miguel Arcángel.

—No estás de suerte. Vamos más allá de Celanova.

—Más allá están Bande y Portugal.

—La casa de don Abelardo se encuentra en el *concello* de Bande, pero lejos del pueblo.

—Sigo estando de suerte. Hemos de sacar tiempo para visitar la iglesia visigoda de Santa Comba.

—Quizá antes de comer, o quizá después.

Sabrina adelantó a un camión cuba de pienso.

Me sonaron las tripas.

—Mis disculpas. Pero tengo hambre y sed.

—Desayunaremos en Bande.

—¡Qué ganas tengo de desayunar!

—Y yo.

—Si no desayuno minutos después de levantarme no soy persona; me derrumbo.

—¡Qué dramático eres!

Reímos.

Por suerte, mis tripas no volvieron a traicionarme.

Sabrina adelantó a un segundo camión cuba de pienso.

Nos mantuvimos en silencio durante unos minutos.

—Esta autovía finaliza al sur de Celanova, en poco más de un kilómetro. Desde ese punto a Bande tardaremos algo más de un cuarto de hora, aunque dependerá del tráfico que encontremos.

—No está habiendo tráfico; así pues, llegaremos pronto. ¿A qué hora nos ha citado don Abelardo?

—A las ocho.

Miré el reloj.

—¿Nos dará tiempo a desayunar?

—Sí. Desayunaremos a satisfacción. No quiero que te suenen las tripas durante la visita, ¡ni que te derrumbes!

Reímos.

Se terminó la autovía. Sabrina se incorporó a la OU-540.

—La típica carretera gallega de doble sentido.

—Has hecho el típico comentario sobre las carreteras gallegas de doble sentido.

—He hecho el típico comentario vacío de contenido.

Reímos.

Sabrina hubo de circular más despacio que en la autovía, pero la sensación de velocidad fue mayor.

Entramos en Bande.

—Desayunaremos en un bar donde sirven un pan exquisito.

—¡Fantástico!

—La mantequilla, las mieles y las mermeladas son deliciosas.

—Me relamo.

Sonreímos, casi reímos.

Sabrina estacionó el coche junto a un tractor. Bajamos del vehículo.

—Apenas hay nadie.

—Aún es temprano.

Entramos en un bar. Nos sentamos a una mesa alejada de las dos que estaban ocupadas. El camarero vino hasta nosotros y tomó nota de lo que íbamos a consumir.

Miré el reloj.

—No mires tanto el reloj. Tenemos tiempo para desayunar sin prisas.

—Bien, podré disfrutar de cada bocado.

Entró un cliente en el local.

—Buenos días.

—Buenos días, Ramiro. Llevo el desayuno a la pareja del fondo y te atiendo.

—No te apures.

El camarero nos sirvió el desayuno.

Disolvimos al azúcar en el café. A continuación, extendimos la mantequilla y la mermelada de mora sobre sendas rebanadas de pan de centeno. El pan crujiente y los sabores intensos me arrancaron una sonrisa.

—¿Te gusta?

Di otro bocado a la rebanada de pan.

—Ya me has contestado.

Mastiqué y tragué.

—¡Me encanta! ¡Pan, mantequilla y mermelada auténticos!

—A mí también me gustan.

—Donde esté un desayuno tradicional que se quiten los copos de cereales, la leche de soja y otros comistrajos.

Terminé de comer la rebanada de pan con la ilusión de degustar la siguiente, pero antes probé el café, que me gustó por su sabor suave. Extendí la mantequilla y varios hilos de miel de castaño sobre la segunda rebanada de pan. Di el primer bocado.

—No quiero ser descortés, pero está demasiado bueno como para hablar. Voy a concentrarme en comer y saborear lo que como.

—Comparto tu opinión.

Terminamos de desayunar en silencio.

Cuando salimos del bar ya era de día.

—Ahora soy yo la que mira el reloj.

—¿Llegaremos a la hora acordada?

—Sí.

Subimos al coche. Salimos de Bande por una carretera local.

—No hay circulación.

—Me gustan las carreteras solitarias.

—Por ellas se puede disfrutar de la conducción y del paisaje.

Sabrina detuvo el coche a unos metros de un edificio de granito y pizarra, de líneas adinteladas y sobrio, sin más concesión que un balcón en el cuerpo central de la fachada y un escudo sobre este.

Un hombre, de aspecto señorial, nos estaba esperando delante de la puerta de acceso. Nos acercamos a él.

—Buenos días. Me llamo Sabrina. Estamos citados con don Abelardo a las ocho de la mañana.

—Buenos días. ¿Está segura de que usted es la Sabrina que espera don Abelardo?

—Soy Sabrina Miranda González. Mantuve una escueta conversación telefónica con él hace unas horas.

—Sí, usted es la Sabrina que estaba esperando. Soy Abelardo. Es un placer recibirla. A usted también es un placer recibirle. ¿Cuál es su nombre?

—David López Vizcaíno.

—¿Por qué me da los apellidos si solo le he pedido el nombre?

—Sabrina ha citado sus dos apellidos, los de ella, no los suyos de usted.

—Era necesario para distinguirse de las mujeres homónimas.

—Mis apellidos me distinguen de los hombres homónimos.

—¡Claro que sí, homónimo más, homónimo menos!

Don Abelardo nos contagió su risa. A continuación, nos saludó de manera afectuosa.

—Gracias por recibirnos.

—Vuestro interés me honra. Pasad a mi casa, que es mi fortaleza, museo y biblioteca.

Accedimos a un vestíbulo amplio.

—Con esta armadura y mi caballo participé en la reconquista de Simancas. Haber combatido a las órdenes de Ramiro II, rey de León, fue un honor que llevo a gala. Fue una batalla cruenta la de aquellos días del verano de 939. Quiso el Señor que se nos apareciesen el apóstol Santiago y san Millán, gracias a los cuales derrotamos al moro Abderramán III, que huyó como huyen los cobardes.

Nos dimos la vuelta para observar un cuadro de mediano tamaño, con figuras ocupando tres cuartas partes de la tela, agolpadas en el primer plano.

—Este cuadro lo pinté hace tiempo. Lo titulé *El apóstol Santiago y san Millán en la batalla de Simancas*. Podéis reconocer a ambos sobre caballos blancos, empuñando sus espadas y banderas, dirigiéndonos hacia la victoria. Los moros muertos a un lado, nosotros victoriosos tras el apóstol y el santo. Me autorretraté entre los caballeros que formábamos la hueste cristiana.

Me acerqué al lienzo y observé con atención hasta reconocer a don Abelardo entre los caballeros.

—Este es usted.

—¡Sí, soy yo, con mi caballo Valeroso!

—Es una pintura rica en detalles. Sin duda, es usted un pintor virtuoso.

—Gracias por su generoso comentario. Debo lo que sé a los grandes maestros de la pintura española. Me formé con ellos, leo todo lo que se publica sobre ellos y acudo a las exposiciones que realizan sobre ellos.

—¿De qué maestros de la pintura ha aprendido más?

—He intentado aprender de todos, y lo que he aprendido intento reflejarlo en mis obras. El espectador ha de reconocer las influencias recibidas en cada uno de mis cuadros, aunque en algunas obras me propongo ser original.

—La suya es una vida entregada al estudio y la creación.

—Así es.

—Sorprendente en los tiempos que corren.

—Tiempos descoyuntados. Es lamentable que ignorantes, chabacanos y rebuznadores sean más influyentes que personas ilustradas, que estudian, que se sacrifican con el fin de generar y divulgar conocimientos para que toda la sociedad prospere.

—Don Abelardo, ha afirmado que participó en la batalla de Simancas y que estudió con los grandes maestros de la pintura, ¿cómo es eso posible?

Don Abelardo observó en silencio a Sabrina; luego dijo con tono enérgico:

—¡Señorita, he vivido varias vidas!

Sabrina pareció quedarse petrificada tras una afirmación tan rotunda.

—¡Síganme!

Pasamos a un salón desmesurado y diáfano.

—Después de leer la primera parte de *El ingenioso hidalgo don Quijote de la Mancha* adquirí esta armadura que ven, cómoda y ligera, me subí a lomos de Valeroso y salí al encuentro del más noble caballero.

—¿Llegó a conocer a don Quijote?

—Me llevó semanas encontrarle. Preguntaba en cada pueblo, aldea o venta en el camino por los que yo pasaba. Por algunos no había pasado él, por otros sí; en estos me decían a qué localidad dirigirme, pero si el ingenioso hidalgo había cambiado de itinerario sobre la marcha, yo tenía que volver a empezar llevado unas veces por la intuición y otras por la razón.

—Don Miguel de Cervantes no narró su encuentro con don Quijote.

—Don Miguel de Cervantes sí escribió ese capítulo. Lo leímos don Quijote y yo. Nos gustó por veraz. Pero debió traspapelarse, perderse, qué sé yo. Una mala jugada del destino, que me negó aparecer en la mayor obra literaria jamás escrita.

—Lo lamento. ¿Qué recuerda del encuentro?

—La alegría de conocernos, porque don Quijote sabía que andaba buscándole. Compartimos una jornada por tierras castellanas, que he representado en el cuadro que ven.

El lienzo, de gran formato, cubría el centro de la pared corta del salón. Don Quijote, sobre Rocinante, y don Abelardo, sobre Valeroso, los dos en primer plano, y Sancho, sobre su rucio, detrás de los caballeros, los tres con semblante amable.

—¿Qué título lleva el cuadro?

—*Los caballeros don Quijote y don Abelardo y el escudero Sancho.*

—Mis felicitaciones por este lienzo. En la composición y el paisaje se aprecia la influencia de Velázquez y en los tonos metálicos la del Greco.

—¡Los más grandes!

—Comparto su opinión.

—En agradecimiento a don Miguel de Cervantes por inmortalizar a don Quijote y a Sancho me ocupé durante más de treinta meses en dibujar una acuarela por cada capítulo de *El ingenioso hidalgo don Quijote de la Mancha*. Cada acuarela lleva por título el del capítulo correspondiente.

—¡Quiero verlas!

—¡Sí, por favor, enséñenoslas!

No hizo falta que saliésemos del salón. Las acuarelas, de tamaño DIN A4, se disponían en dos filas, en la superior las dedicadas a la primera parte del libro, en la inferior las dedicadas a la segunda. Las observamos durante unos minutos.

—El dibujo es nítido, los colores son delicados y los detalles preciosos. ¿Cómo lo ha conseguido?

—Con paciencia, pulso firme y pinceles de uno, dos y tres pelos.

—Don Miguel de Cervantes habría querido estas acuarelas para ilustrar su excelsa obra.

—Antes estudié las ilustraciones que hizo Dalí.

En los entrepaños de la pared de enfrente colgaban cuatro lienzos de mediano formato.

—Hace más de una década pinté estos bodegones; identifico cada estación del año con una comida típica local.

—La reproducción de las texturas de los alimentos es tan realista que lleva al espectador a querer degustarlos.

—También cuidé la representación de los objetos.

—Con el tiempo he aprendido a valorar el género de los bodegones como bello para el espectador y exigente para el pintor, a través del cual puede demostrar su virtuosismo con el pincel.

—Cada bodegón está pintado en un estilo artístico diferente; el de primavera es barroco, el de verano romántico, el de otoño cubista y el de invierno realista.

—¿Quién es su bodegonista favorito?

—No sabría a quién elegir. Me gustan Juan Sánchez Cotán, Juan van der Hamen y León, Miguel Parra Abril, Juan Gris, Isabel Quintanilla y tantos más. ¡Cuánto daría por tener un cuadro de cada uno de ellos!

En la otra pared corta del salón colgaba un lienzo de gran formato.

—Don Abelardo, le reconozco en el cuadro. ¿Cuál es su título?

—*La familia del pintor Abelardo San Marcos Sanz-Bernardos.*

La escena presenta una composición piramidal; don Abelardo de pie, sujetando de la mano a una de sus hijas; su esposa sentada en una silla, a su izquierda y por delante de él; los dos hijos varones y la otra hija se sitúan junto a la madre; aparecen vestidos de gala. La paleta de colores y la luz son suaves y resaltan los semblantes afables de los adultos y alegres de los niños. El suelo y el fondo del cuadro son neutros. La pincelada es suelta y vaporosa. La reproducción de las texturas de la ropa es magistral.

—Vi a Goya pintar *Los duques de Osuna y sus hijos* en 1788. A mi parecer es el retrato de familia más sobresaliente que se haya pintado nunca. Inspiró mi humilde obra.

—Ha sabido reflejar muy bien el cariño que se tienen todos.

—Mi esposa falleció hace dieciséis años y mis hijos son adultos. Conmigo solo vive la mayor, aunque viaja mucho por motivos profesionales. Pero el cariño que reflejé en el cuadro perdura y nos sigue uniendo.

Contemplamos el lienzo en silencio durante unos minutos. Me acerqué a la obra para observar detalles de una calidad excepcional.

Seguimos a don Abelardo hasta la biblioteca.

—Aquí leo, estudio y escribo.

La biblioteca ocupa un salón amplio, pero que se ha quedado pequeño para seguir acogiendo libros; hileras de estanterías se disponen en paralelo a aquellas que cubren la mayor parte de las paredes, quedando poco espacio para moverse.

—¡No cabe ni un libro más! ¿Con cuántos volúmenes cuenta su biblioteca?

—En esta sala solo hay una parte de los más de veinte mil volúmenes que tengo en casa. Los fondos los he dividido por secciones, arte, filosofía, historia, literatura y música, y subsecciones, arquitectura, escultura, pintura, novela, poesía, teatro, etcétera.

Don Abelardo nos presentó a Kiwi.

—¡Hola, Kiwi!
—¡Hola, Kiwi!
—¡Ho-la, ho-la!
—Con Kiwi hablo, reflexiono y, a veces, discuto.
—Sí, ha-bla-mos.
—Kiwi es simpático, pero, a veces, insoportable.
—Y tú.
—Kiwi es bonito.
—¡Gra-cias! ¿Có-mo te lla-mas?
—Sabrina. Me llamo Sabrina.
—¡Ho-la, Sa-bri-na!
—Kiwi es listo.
—¡Gra-cias!

En la pared, detrás de la amplia mesa de trabajo y por encima del alto respaldo de la silla, colgaba un lienzo.

—Otro género pictórico por el que siento debilidad es el de las vanidades. En esta me autorretraté estudiando, rodeado de libros, hojas en las que tomo notas, un candil, un reloj, una lupa, un vaso de agua, un jarrón con flores, una máscara, una calavera, un crucifijo y una estrella de los vientos, que hace las veces de pisapapeles. El fondo es negro.

—El claroscuro es muy real y es sorprendente el nivel de detalle, tanto que pueden leerse el texto del libro y sus anotaciones y se puede contar los pétalos de las flores. Este cuadro merece colgar en una sala del Museo Nacional del Prado.

—¡Ja-ja-ja!

Don Abelardo reprendió a Kiwi con la mirada.

—¿Cómo se titula el cuadro?

—*El pintor estudia libros de arte.*

—Las vanidades, igual que los bodegones, le permiten al pintor mostrar su capacidad como observador y su destreza para reproducir la realidad, además de mover al espectador a reflexionar acerca de su trayectoria vital.

—Tienen que saber que Antonio de Pereda me enseñó a pintar vanidades.

—¡De-li-rium, de-li-rium!

—¡Calla, Kiwi!

—¡Es-tás lo-co, es-tás lo-co!

—¡Loro tonto!

—¡Ton-to tú!

Sabrina y yo reímos.

—No le rían la gracieta, que se viene arriba.

—¡Ton-to tú!

—¡Te voy a arrancar las plumas!

—¡No, no, no!

Volvimos a reír.

—Kiwi, bonito, no enfades a don Abelardo.

—¡Es-tá lo-co, es-tá lo-co!

—¡Hoy te quedas sin chocolate!

—¡No, no, no! ¡Me ca-llo, me ca-llo!

Reímos.

Curioseé entre las estanterías; había obras completas de literatos, filósofos y ensayistas, además de monografías sobre artistas, todos españoles. Me pregunté cuántas miles de horas serían necesarias para leer tantos libros, quizá varias vidas.

—¡Cuánto conocimiento aquí atesorado!

—Los libros, como las obras de arte, son un tesoro de gran valor; sirven para formar la inteligencia y sosegar el espíritu.

Sabrina pidió a don Abelardo fotografiarle leyendo un libro.

—Me va a fotografiar leyendo uno de mis libros favoritos. Lleva por título *Fábulas en verso castellano para el uso del Real Seminario Bascongado*, de mi buen amigo don Félix María de Samaniego. No se ha escrito mejor libro de fábulas desde 1784. Tendría que ser de lectura obligatoria. Se aprende mucho a través de las fábulas.

Sabrina se acercó a don Abelardo, le enseñó la fotografía en el móvil y a este le gustó.

—Les quiero enseñar un último cuadro.

Escuchamos que una persona entraba en la vivienda.

—¡Papá, ya estoy en casa!

—¡Estoy en la biblioteca!

La hija de don Abelardo vino hasta nosotros.

—Les presento a mi hija, Irene. Te presento a Sabrina, periodista, y a David, docente.

Nos saludamos.

—Irene, acompáñanos. Iba a enseñar a mis amigos mi autorretrato. El título lo dice todo; estudiar es mi actividad principal, que solo se culmina si lleva a crear algo nuevo que permita aprender a otros.

Nos situamos a la distancia justa del cuadro para apreciar su calidad.

—Me recuerda al célebre autorretrato que Bartolomé Esteban Murillo pintó hacia 1670, trampantojo en el que se reivindica como pintor.

—Fui discípulo de Murillo. Cuando me independicé me quise autorretratar; lo hice inspirándome en la obra de mi maestro a la que usted se ha referido y que, a mi juicio, es la más sobresaliente en su género, no igualada por ningún otro artista.

Don Abelardo aparece dentro de un marco con las manos traspasándolo, indicando con los dedos índice de cada mano hacia un libro abierto, unos pinceles y una paleta, objetos que descansan sobre una mesa. El fondo del lienzo es neutro. El título del cuadro aparece escrito a lo largo del marco ficticio.

—El libro simboliza el estudio y los útiles para pintar la creación.

—Así es.

—En la portada de su libro autobiográfico ha de aparecer este autorretrato.

—Mejor en la portada de un libro biográfico, si alguien encuentra mi vida lo bastante interesante como para estudiarla y darla a conocer. En fin, les dejo en compañía de mi hija. Me retiro a descansar. Este ha sido un encuentro inolvidable.

Nos despedimos de manera afectuosa.

—Les doy las gracias por haber escuchado a mi padre. Se habrán dado cuenta de su frágil salud mental; padece el síndrome de la memoria falsa, es decir, tiene la memoria llena de falsos recuerdos, que genera como recurso evasivo.

—¿Desde cuándo padece tal síndrome y qué acontecimiento se lo provocó?

—Se refugió en los libros después del fallecimiento de mi madre. Tanto leer y tanto estudiar le afectó a la memoria.

—¿Cuándo desarrolló su afición a la pintura?

—Estudiar arte le llevó a pintar.

Salimos de la biblioteca hacia el vestíbulo.

—Sabrina, usted es periodista, e imagino que, después de esta visita, escribirá un artículo sobre mi padre. Le pido, por favor...

—No se preocupe. Antes de publicar el artículo he de tener el visto bueno de su padre y el suyo.

—Muchas gracias.

Nos despedimos de Irene de manera cordial.

Sabrina puso en marcha el coche e inició la conversación.

—Siento conmiseración por don Abelardo e Irene.

—¿Por qué?

—Don Abelardo primero pierde a su esposa y luego la cabeza, lo que causa dolor a sus hijos, sobre todo a Irene, que vive con él.

—Don Abelardo es feliz en su mundo, leyendo y pintando. No hace mal a nadie. Y si su obra saliese a la luz deslumbraría a muchos.

—Una persona va perdiendo al ser querido a medida que este va perdiendo la cabeza, porque ambos terminan viviendo en realidades distintas.

—Don Abelardo ha creado nuevos recuerdos, que, aunque falsos, le proporcionan felicidad, lo que compensa el dolor al que te has referido.

—Dolor y felicidad en la balanza, ¡qué situación tan difícil de gestionar!

Dimos por terminada la conversación.

Sabrina disminuyó la velocidad al ver un hato de vacas; su dueño las apartó hacia la cuneta. Sabrina aceleró después de dejar atrás a los bóvidos.

—Llegaremos a tiempo de ver Santa Comba antes de comer.

—Hablando de ver, ¿ves lo que yo veo?

—¿Qué tengo que ver?, ¿dónde?

—Tres incendios, a la derecha.

Sabrina disminuyó la velocidad y miró hacia donde le indiqué.

—No son tres incendios; es un incendio con tres focos.

—¿Qué hacemos?

Sabrina tomó un desvío.

—¿Crees que es buena idea ir adonde se localiza el fuego? Puede ser peligroso.

—El incendiario no debe andar lejos.

—De los incendiarios se ocupa la Guardia Civil.

—¡Llama al 112!

Saqué el móvil del bolsillo izquierdo del pantalón, se escurrió entre las manos y cayó al suelo del coche.

—¡Coge el móvil y llama al 112!

Me liberé del cinturón de seguridad, alcancé el móvil con la mano derecha y con la izquierda me volví a poner el cinturón de seguridad. Marqué el 112; después de tres tonos atendieron la llamada.

—Buenos días. Le atiende el 112. ¿En qué podemos ayudarle?

—Llamo para informar de un incendio en un área comprendida entre los embalses de las Conchas y Salas.

—¿Puede ser más preciso?

—No, no puedo. Soy forastero y no conozco la zona. Quizá la conductora del coche en el que voy sepa darle una localización más precisa.

—Deténganse y envíen su localización al 112.

—De acuerdo.

Puse fin a la llamada.

Vimos a lo lejos a un varón que salía a la carrera desde el sotobosque a la carretera y subía a un coche.

—Ese debe ser el incendiario. Prepara el móvil; tienes que fotografiar la matrícula del coche.

El incendiario arrancó el coche y aceleró, Sabrina se acercó tanto como pudo e hice la fotografía. Sabrina detuvo el coche.

—Envíame la fotografía por WhatsApp.

Obedecí.

—Ahora envío la localización al 112 y llamo a la Guardia Civil de Celanova.

Sabrina facilitó el modelo de coche, la matrícula y la descripción física del incendiario.

—Los minutos se me van a hacer horas hasta que lleguen los bomberos.

—Seguro que llegan pronto.

—Lo van a tener difícil para contener el incendio, el día es caluroso y el viento racheado.

—Eso quiere decir que el incendio se extenderá deprisa en varias direcciones.

—Confiemos también en que la Guardia Civil detenga al incendiario.

—Los datos que he aportado deberían facilitar su detención, aunque las placas de la matrícula del coche pueden ser falsas.

—Las placas de la matrícula pueden ser falsas, incluso las puede cambiar por otras también falsas, pero el coche seguirá siendo el mismo. Además, seguro que la Guardia Civil establecerá controles en todas las carreteras de la comarca.

—Tengo que llamar al periódico.

Mientras Sabrina hablaba con su interlocutor en el diario, yo me mantuve en silencio, pensativo, observando cómo progresaba el incendio.

—Me han pedido que cubra esta noticia.

—No quiero influirte en las decisiones que vayas a tomar, pero sería prudente que nos marchásemos de aquí, el fuego se está acercando.

—Tienes razón.

Un coche de la Guardia Civil nos detuvo en el instante en el que nos incorporábamos a la carretera que nos habría de llevar a Bande. Nos identificamos. Sabrina estacionó el coche donde dijo el agente que lo hiciese.Vimos pasar dos camiones de bomberos. Bajamos del vehículo.

—Reconozco su voz. Hablamos hace unos minutos. Quiero mostrarle la fotografía que hicimos del coche del incendiario.

El guardia civil la observó.

—Envíemela a este móvil. La reenviaré a todas las unidades desplegadas en el entorno.

Sabrina cumplió con la instrucción recibida.

—Soy periodista, ¿qué última novedad me puede dar?

—El incendio se ha extendido más de lo que desde aquí se divisa. Hemos tenido que cortar varias carreteras por el peligro que supone transitar por ellas y para dejarlas expeditas para el desenvolvimiento de los camiones cisterna de bomberos. Desde este punto no pueden ir a Bande, salvo que sean residentes, y no lo son. Solo pueden ir a Ginzo de Limia, pero habrán de superar los controles que hemos establecido para detener al incendiario. Quizá haya que proceder a la evacuación de parte de la población que habita esta área. ¡Por favor, márchense ya!

—Desde Ginzo de Limia no podré informar.

—Estamos preparando un puesto para la prensa en Bande. Pero creo que ya tiene información suficiente para un primer artículo.

—Muchas gracias.

Tomamos la ruta más corta hacia Ginzo de Limia. Nos cruzamos con varios camiones cisterna de bomberos. Sabrina disminuyó la velocidad a medida que nos acercábamos a un control de carretera. Nos detuvimos ante un agente de la Guardia Civil, que nos pidió que nos identificásemos —mostramos los DNI— y diésemos una razón que justificase nuestra presencia dentro del área perimetral.

—Buenas tardes. Soy periodista. Estoy cubriendo la noticia del incendio de Bande. Fui yo quien llamó al 112 y a la Guardia Civil de Celanova, a la que proporcioné la fotografía del coche del incendiario. ¿Me puede confirmar que ese es el coche del incendiario?, ¿le han detenido?

—Hemos detenido a un sospechoso, al que hemos llevado al cuartel de Ginzo de Limia para interrogarle. Este es su coche, que hemos retenido. Y ahora que tiene la información, diríjase a Ginzo de Limia. No puede estar dentro del área perimetral.

—Muchas gracias.

Sabrina reanudó la marcha con una sonrisa.

—Estás consiguiendo mucha información.

—Sí, estoy de suerte.

Nos detuvimos en un área de servicio.

—He de enviar un artículo al periódico. Luego comeremos algo.

Sabrina sacó una tableta y se conectó a la wifi del establecimiento. Su semblante era de máxima concentración. Nunca antes había visto a una persona escribir tan deprisa.

—¡Ya está, escrito, corregido y enviado!

—La primera en informar.

—Creo que sí.

Comimos sendos pinchos de tortilla; Sabrina bebió una caña y yo una clara de limón sin alcohol.

—Deja que abone la consumición. Tengo la sensación de que te dejo tirado.

—No te disculpes. Has de cumplir con tu trabajo.

—Te acerco a la estación de autobuses y me voy a Bande.

Mi autobús iba a salir en unos minutos

—¡Suerte en Bande!

—Te llamaré cuando haya terminado todo y haya regresado a Orense.

El viaje de Ginzo de Limia a Orense se me hizo más corto de lo que fue.

Bajé del autobús sediento. Me dirigí a una máquina expendedora de bebidas. Adquirí una botella de agua mineral. Un trago largo me sirvió para hidratarme y decidir ir a pie hasta el hotel.

Sentí una bofetada de calor al salir a la calle. Bebí. Caminé buscando la sombra, pero no pude protegerme del sol en todo momento.

Crucé el río Miño por el Puente Romano, también llamado Viejo y Mayor. Fue construido en el siglo I formando parte de un ramal de la vía XVIII, que unía las actuales Braga y Astorga. Su longitud supera por poco los 200 metros y cuenta con siete vanos, siendo el central el de mayores dimensiones. Después del derrumbe del siglo XII y las reformas de los siglos XIII, XIV, XVII y XIX, del puente primitivo solo quedan algunos sillares almohadillados en la base. La reforma del siglo XIII la impulsó el rey Fernando III el Santo y la del XVII fue obra del arquitecto Melchor de Velasco Agüero, quien dio al puente su aspecto actual. En el siglo XIX se derribó la torre del puente, que, sobre el puente, aparece en el escudo de la ciudad de Orense. En 1961 se declaró Bien de Interés Cultural y en 1999 se peatonalizó. Imaginé a legionarios romanos cruzando el río Miño por este puente. Me pregunté si los puentes actuales se mantendrán en pie durante tantos siglos.

Llegué al hotel sin más ánimo que descansar y seguir las noticias del incendio de Bande. Me puse cómodo y me conecté a internet; como única novedad se informaba de la participación de un hidroavión en las tareas de extinción del incendio.

Me entró sueño y me quedé dormido.

Me desperté sobresaltado. Un segundo trueno me levantó de la cama. Me acerqué a la ventana. El cielo era plomizo y la lluvia intensa.

—¡Tenía que llover en Bande!

Estuvo lloviendo durante unos veinte minutos; después el sol volvió a reinar.

Se me pasó por la cabeza llamar a Sabrina, pero lo descarté porque la habría molestado en el desempeño de su trabajo, además recordé que ella quedó en llamarme.

Sentí hambre. Bajé temprano a cenar. Mientras esperaba a que me sirviesen el primer plato, quise consultar las noticias en el móvil, pero no pude; comprobé que lo había olvidado sobre la mesita de noche.

Regresé a la habitación a tiempo de ver las noticias en el televisor. De lo que dijo el locutor era novedad que el incendiario tenía antecedentes delictivos y ya estaba a disposición judicial y que el incendio ya estaba extinguido «gracias a la participación de varias dotaciones de bomberos procedentes de localidades cercanas y de Orense, un hidroavión y una oportuna tormenta. La superficie calcinada fue de 160 hectáreas».

Sabrina me llamó al filo de la medianoche.

—¡Ya estoy en casa!

—Ahora toca descansar.

—Sí, porque estoy agotada. Espero que mañana sea un día más tranquilo.

—Lo será.

—Mañana espera mi llamada, que no va a ser tan tempranera como la de hoy.

—Feliz descanso.

—Felices sueños.

El poeta errante y el sumiller

Me encontré con Sabrina en las Burgas.

—¡Buenos días!

—¡Buenos días!

—¿Qué planes tienes para hoy?

—Turismo cultural por la mañana y enológico por la noche. ¡Y empezamos aquí, en las Burgas, únicas en España!

—Sé que son aguas termales y que los romanos ya se beneficiaron de ellas.

—La población indígena prerromana del noroeste peregrinaba hasta aquí con el fin de rendir culto al dios Revve Anabaraego, morador y protector de los manantiales. Los romanos levantaron el asentamiento Aquis Auriensis en el siglo I, del que se conservan restos de una *balnae* o casa de baños.

—¿Se sabe de dónde proceden estas aguas?

—Hay dos leyendas: una dice que vienen de un manantial que nace bajo la capilla del Santo Cristo de la catedral de San Martín, otra asegura que nacen en el volcán de Montealegre, que está esperando el momento oportuno para entrar en erupción.

—¡Nunca ha de llegar ese momento!

Reímos por el tono rotundo con el que proferí mis palabras y el aspaviento con el que las subrayé.

—La Iglesia católica protegió las Burgas durante la Edad Media por servir de alivio a los peregrinos que se dirigían a Santiago de Compostela.

—¿A qué temperatura aflora el agua?

—A más de 60 °C, pero se enfría hasta los 38 con el fin de que sean aptas para el baño en cualquier época del año.

—¿Cuáles son sus propiedades?

—Son recomendables para la piel, la musculatura y las articulaciones, pero no son aptas para personas con problemas cardíacos o de tensión arterial.

Las Burgas son tres: la de Arriba, la de en Medio y la de Abajo.

—La Burga de Arriba es del siglo XVII y la de Abajo del XIX.

Nos acercamos hasta la réplica del ara de Calpurnia Abana Aeboso.

—Es el primer nombre conocido de un habitante de Orense. Reí.

—¿Por qué te ríes?

—Es un nombre inolvidable, pero me apuesto pincho de tortilla y caña a que no son ni media docena las orensanas que se llaman Calpurnia.

—No conozco a ninguna orensana con ese nombre.

—Calpurnia no es un nombre para el siglo XXI.

Reímos.

Nos acercamos al *fervedorio* o hervidero, donde el agua burbujea. A continuación, anduvimos por los jardines de las Burgas, donde me llamó la atención el escudo de Orense realizado con setos y rodeado de flores.

Transitamos por las calles Burgas, Bailén y Obispo Carrascosa hasta el antiguo Palacio Episcopal. El edificio data del siglo XII y se levantó en estilo románico; es compacto, con acceso y vanos adintelados; los dos elementos más llamativos de la fachada son el heráldico en relieve y el balcón sobre ménsulas de gran tamaño. Desde mediados del siglo XX es la sede del Museo Arqueológico Provincial de Orense.

La calle de Santa María se ofrece en escalinata monumental, que realza la belleza barroca de la fachada de la iglesia de *Santa María Madre.*

—En esta escalinata tiene lugar la ceremonia del Desplante el Domingo de Resurrección. La imagen de Santa María Madre, patrona de los sastres, procesiona el Sábado Santo hasta la catedral de San Martín. Al día siguiente regresa a su iglesia, donde permanece durante todo el año. La imagen es seguida por el obispo, cofrades, banda municipal, ediles y feligreses. El obispo saluda desde lo alto de la escalinata alzando la mitra, niega a los ediles el acceso a la iglesia y solo permite que accedan policías locales, portadores del paso procesional y ciudadanos que han acompañado la comitiva.

—Imagino que es un acto muy teatral.

—Lo es. Sirve para recordar el tradicional enfrentamiento entre el obispado y el consistorio por el control de la ciudad. Es el broche de oro de la Semana Santa orensana.

La fachada de la iglesia de Santa María Madre presenta tres cuerpos verticales; los laterales son las torres campanario y el central es el de acceso al templo; este es el más llamativo; consta de tres cuerpos separados por cornisas; el cuerpo inferior acoge una puerta adintelada, el intermedio presenta una hornacina con una imagen de Santa María Madre; estos cuerpos están flanqueados por parejas de columnas corintias; el elemento principal del cuerpo superior es heráldico: un águila coronada divide un círculo en cuatro sectores en los que se distinguen un brazo empuñando una daga, un león, un castillo y un árbol; este elemento aparece rodeado por un cordón borlado y coronado por el escudo de armas del obispo Siuri; remata el cuerpo central de la fachada un frontón irregular ornamentado.

—¿Quieres ver el interior?

—¡Sí, claro!

Llamaron mi atención las esculturas. El retablo mayor es de estilo churrigueresco; la imagen *Santa María Madre,* del siglo XVIII, en estilo barroco, es la principal. Otro retablo ofrece las imágenes *Piedad* y *Cristo yacente*, de gran belleza y expresividad.

Salimos del templo.

El firme de la plaza de la Magdalena es de cantos rodados.

—La plaza de la Magdalena antes de ser plaza fue cementerio de canónigos; así lo atestiguan unas lápidas medievales. También es llamativo el *cruceiro* con las imágenes de Cristo y la Virgen Dolorosa, obra del siglo XVIII.

Pero quien llamó nuestra atención fue un varón de aspecto bohemio, vociferante, que estaba reuniendo a un grupo de curiosos delante de él.

—Por un euro les recito un poema con la palabra que me digan. ¿No quieren escuchar un poema? La poesía embellece la vida. ¿Nadie tiene un euro?, ¿nadie una palabra? ¡No es posible! ¿Se han quedado mudos?, ¿acaso son más pobres que yo?

Sabrina dejó un euro en el sombrero del poeta.

—¿Cuál es su palabra?

—La más bonita, amor.

—Este es su poema:

Sentimiento intenso,
noble y generoso,
de dos hace uno,
compromete,
fortalece,
amor.

78

Sabrina aplaudió.

—¡Gracias, poeta!

Otros aplaudieron.

El poeta hizo una reverencia.

—¿Quién me da otro euro?, ¿quién me dice otra palabra?, ¿quién quiere otro poema?

Un joven le dio dos euros.

—Soledad y nostalgia.

—¿Por qué esas palabras?

—Mi amada ha marchado lejos. No sé cuándo volverá; ni ella lo sabe.

El poeta se llevó la mano izquierda a la barba, pensó durante unos segundos, haciendo crecer la expectación.

—Aquí tiene su poema a la soledad:

> *Inmensidad abrumadora,*
> *ensordecedora;*
> *desolación perturbadora,*
> *amenazadora;*
> *claudicación devastadora,*
> *aniquiladora;*
> *soledad.*

El poeta hizo un gesto para reprimir los aplausos.

—Aquí tiene su poema a la nostalgia:

> *Ensoñación difuminada,*
> *evaporizada;*
> *felicidad desvanecida,*
> *desaparecida;*

constelación desdibujada,
volatilizada;
nostalgia.

El poeta agradeció los aplausos.

—Poeta, pregúnteme qué es lo que más me gusta y le daré un euro y una palabra.

—Joven, ¿qué es lo que más le gusta?

El joven dejó un euro en el sombrero del poeta.

—Besar a mi prometida.

Su prometida, junto al joven, sonrojó.

—Me has dado dos palabras: besar y amada.

El joven depositó otro euro en el sombrero del poeta.

—Aquí su primer poema:

Comunicar sin hablar,
entender con mirar,
a ti conquistar,
sentir amar,
desear,
besar.

No aplaudan todavía. Joven, aquí tiene su segundo poema:

Rayo de sol en el cielo cerrado,
gota de agua en tierra seca,
consuelo en la desazón,
caricia en la soledad,
mi sentido, mi luz,

mi sola ilusión,
hablo de ti,
mi amada.

El poeta recibió aplausos, que, con un gesto, dirigió hacia los prometidos.

—Poeta, aquí tiene un euro. Dedique un poema a los prometidos.

—Antes, por favor, dígame su nombre.

—Sabrina.

—Sabrina me pide que os dedique un poema, mi último poema de esta función, que titularé Poema del caballero a su prometida. Dice así:

Tú eres tierra y agua,
mi ancla y mi vida,
candor y susurro,
aire y fuego,
contigo soy,
siempre tú.

Los prometidos se besaron, los presentes les ovacionaron y el poeta se acercó a ellos para desearles felicidad.

El poeta recogió el sombrero del suelo, metió el dinero en el bolsillo derecho del pantalón y se cubrió la cabeza con el sombrero.

Nos acercamos al poeta.

—¡Buenos días, poeta! Somos Sabrina y David. ¿Podemos hablar con usted?

—¡Buenos días a los dos! Sí, pueden hablar conmigo.

—Le invito a desayunar.

Nos sentamos a una mesa. Un camarero tomó nota en una tableta de lo que íbamos a consumir.

—¿Cuál es su nombre?

—Llámeme Poeta Errante.

—¿No tiene nombre?

—Mis oficios me dan nombre, ir de aquí para allá, sin rumbo ni destino definidos, practicando la poesía.

—¿Solo la poesía?

—También los cuentos y las fábulas para niños.

—Improvisa bellos poemas.

—No sé si son bellos porque los pienso poco.

El camarero nos sirvió los desayunos.

—Además, lo que las personas se llevarán en el corazón y la memoria es el momento y las sensaciones, no el poema, que nadie habrá memorizado. Por ejemplo, los prometidos recordarán una situación feliz, el lugar, ¡a mí también me recordarán!, pero no los poemas que les he dedicado.

—¿Ha publicado algún libro de poesía?

—No escribo poesía porque no soy escritor y porque quiero seguir disfrutando de la vida y la poesía.

El poeta bebía y comía con gusto y delicadeza.

—He de entender que su vida presente le gusta más que la pasada.

—Lo único que agradezco a la vida pasada ha sido traerme a la presente.

—Antes no era poeta.

—Antes no era nadie porque no era poeta.

—¿Qué era?

—Una persona muy desgraciada; lo tenía todo y no tenía nada, no me faltaba de nada y nada me aportaba felicidad.

Terminamos de comer la tostada con mermelada de naranja amarga.

—¿Qué es usted?

—Periodista.

—Por eso quiere saber.

—Usted me parece una persona interesante. Me gustaría escribir un artículo sobre usted. ¿Me da su permiso?

—Tiene mi permiso. Titule el artículo *El poeta errante*.

—Así lo titularé.

—¿Qué es usted?

—Profesor.

—Estudia para que otros aprendan.

—Sí, así es.

Los tres terminamos el café.

—¿Cuál es su próxima etapa?

—¡El Santo Cristo! Le daré las gracias por llevar la vida que llevo y le pediré que me siga regalando los dones de la felicidad y la improvisación.

—Le acompañamos.

Sabrina abonó la cuenta.

—¡Gracias por darme de comer!

La plaza del Trigo debe su nombre a haber sido en el pasado mercado de cereales.

—Aquí nos despedimos.

—¡Adiós, Poeta Errante!

—¡Adiós a los dos!

El poeta accedió a la catedral de San Martín por la portada meridional.

—Un personaje pintoresco.

—Una nota de color en un lienzo gris.

Contemplamos la portada sur de la catedral de San Martín. Llama la atención por las arquivoltas e intradós del arco interior de medio punto, decorados con arquillos y motivos antropomórficos, vegetales y zoomórficos, incluyendo una figura de Cristo sedente y escenas de cetrería. Dos torres flanquean la fachada, una cilíndrica, románica, de finales del siglo XII o principios del XIII, y la del Reloj, así llamada por el cuerpo superior, que se añadió en el siglo XVI, de hechura renacentista. Las torres dotan a la fachada de un carácter defensivo.

Recorrimos unos metros de la calle Cardenal Cisneros hasta la plaza de Los Suaves.

—Antes esta plaza se llamaba de las Flores; en 2010 se rebautizó con el nombre de Los Suaves en honor del grupo de rock local.

—Un reconocimiento justo, porque Los Suaves es uno de los grupos de rock que ha hecho historia; tanto es así que en 2000 la revista Heavy Rock reconoció a Los Suaves como la mejor banda de heavy en directo.

—¿Te gusta el rock?

—El grupo de amigos del que formaba parte a finales de los ochenta y primeros noventa era, en cuanto a gustos musicales, muy dispar. Nos gustaban los grupos de rock Los Suaves, Siniestro Total y Os Resentidos, los tres gallegos.

—Lo dices con nostalgia.

—Han pasado muchos años, pero aún recuerdo el inicio de alguna de las canciones de Los Suaves.

—¡Arráncate, cántalas!

—¡No, por favor, qué vergüenza!

—¡Vamos, vamos!

Canturreé la introducción de *Llegaste hasta mí*, canción del primer álbum de Los Suaves *Esta vida me va a matar*. Sabrina me pidió que siguiese cantándola. Sólo pude recordar los siguientes versos. Me quedé pensativo y dije:

—No consigo recordar cómo sigue la canción.

—Canta otra canción.

—¿Quieres que granice?

—No lo has hecho tan mal. ¡Venga, canta otra canción!

Canté el arranque de *Dolores se llamaba Lola*, del álbum *Ese día piensa en mí*.

—¿Recuerdas el estribillo?

Canté el estribillo.

—Si recuerdas una canción más te invito a comer.

—Será la primera vez que coma por haber hecho el ridículo. Pero como aquí no me conoce nadie y me siento enchufado...

Canté, gesticulando que tocaba una guitarra, los primeros versos de *No me mires*, del álbum *Santa Compaña*.

—¡No me aplaudas, que la gente nos va a mirar!

—¡Te has ganado la invitación a comer!

—Y tú el café por escucharme cantar, que he destrozado las canciones. Limita mucho no tener la voz de Yosi Domínguez.

—Los Suaves marcaron una época.

—Una época, un estilo y una imagen. Tan inolvidables como sus canciones es el logo que les identificaba, la gata negra con la boca abierta y los dientes afilados dentro de un círculo rojo.

La calle Pena Corneira nos llevó a la plaza Corregidor.

—El primer convento franciscano de Orense se situó en esta plaza a mediados del siglo XIII, pero a finales de ese siglo fue destruido por un incendio. Después se situó la residencia de los corregidores que el rey nombraba para el gobierno de la ciudad.

—¿Esa es la razón por la que esta plaza se llama del Corregidor?

—Sí.

Preside la plaza una escultura de don Ramón Otero Pedrayo.

—De lo mucho que escribió don Ramón destacaría *Los caminos de la vida*, *El mesón de Ermos* y *Alrededor de sí*.

Recorrimos las calles Gravina y Juan de Austria hasta la fachada septentrional de la catedral de San Martín.

—El conde de Benavente asaltó la catedral en 1471, quedando la fachada muy afectada, casi destruida; arrepentido, la reconstruyó en 1474.

—¿Qué le motivó a asaltar la catedral?

—Estaba enfrentado al conde de Lemos; ambos pretendían el control de la ciudad.

La fachada ofrece aspecto de fortaleza. Aparece flanqueada por dos torres. El acceso presenta arquivoltas de medio punto sobre columnas; los motivos decorativos son de gran calidad y expresividad, los hay antropomórficos, geométricos y vegetales; las estatuas-columna llaman la atención del espectador. El tímpano semiesférico está decorado con altorrelieves; la Piedad y la Cruz marcan el eje compositivo. Un rosetón remata la fachada.

—Es la hora de buscar un sitio donde comer, o mejor, tapear.

—Tú dirás.

—Sí, mejor tapear, que estamos junto a Os Viños. Esta es la zona de Orense con más bares, restaurantes y cafés.

Cruzamos la calle Juan de Austria.

—Esta es la calle Lepanto, el corazón de Os Viños. De esta calle se dice que en cada puerta hay un bar, y yo digo que en todos se tapea a placer.

—¿Y a qué estamos esperando para empezar a tapear?

Nos sentamos a una mesa en la terraza de un restaurante.

—Si fuese otro día pediríamos un ribeiro, pero hoy toca pedir cerveza. No pongas cara de sorpresa y hazme caso.

Sabrina pidió una jarra de cerveza y yo una de clara de limón sin alcohol.

—Te propongo que cada uno pidamos tres pinchos diferentes. Yo pediré croquetas de cecina de ciervo, que son extragrandes, champiñones con langostinos y revuelto de algas. Veo que te relames.

—¡Ya lo creo! Yo pediré empanada de zamburiñas, chipirones con arroz negro y solomillo con queso *brie*.

Sabrina pidió que trajesen dos unidades de cada tapa solicitada.

Nos sirvieron las bebidas. Brindamos.

—¡Por un día que está siendo estupendo!

—¡Por muchos días como hoy!

Dimos un trago.

—Un día tranquilo en el que, haciendo turismo, he conocido a un poeta singular sobre quien escribiré un artículo y me cantaron estribillos de canciones de Los Suaves. Pero la jornada de trabajo aún no ha empezado.

—¿Qué compromiso laboral te espera?

—Uno al que te gustará acompañarme.

Sonreí.

—Entiendo que ese compromiso laboral es agradable y que te llevará a redactar un nuevo artículo.

—Así es.

—¿Cuántos artículos te exige publicar el periódico?

—Uno al día, salvo que me encargue algún artículo extra o seguir algún hecho noticiable. También he de estar en el periódico en fines de semana alternos redactando noticias.

—Parece mucha carga de trabajo.

—Es muy llevadera porque tengo mucha libertad para decidir qué publicar. Además, me organizo casi como quiero gracias al teletrabajo.

El camarero nos sirvió las tapas que pedimos.

—Te las comes con los ojos.

—¡Cómo me voy a poner!

—¡Disfrutarás!

—¡Ya lo creo que disfrutaré!

—¿A qué hora has de atender ese compromiso laboral?

—A las nueve de la noche. Tendremos tiempo para ver un par de sitios que te gustarán.

—Está siendo un día perfecto.

Continuamos la conversación saltando de un tema a otro, todos banales, lo que me permitió concentrarme en saborear cada bocado, el café americano descafeinado y el licor de hierbas.

Llegó el momento de levantarnos de la mesa.

Recorrimos la calle Lepanto hasta la plaza del Hierro.

—Debe su nombre a haber sido el sitio donde se celebraba un mercado de aperos de labranza.

—La fuente es muy vistosa.

—Procede del monasterio de San Esteban de Ribas de Sil, hoy parador nacional.

La fuente está adornada con cariátides, sirenas y la figura de Eros con dos águilas sobre la cabeza.

—Ese edificio que ves es del siglo XVI. Lo construyó don Juan Fernández de Boán, capitán general del Perú y miembro del Consejo de Indias.

El edificio luce el escudo de armas de su promotor.

Tomamos la calle de Santo Domingo, de edificios con balcones con barandillas de forja, escudos y blasones.

Nos detuvimos ante la iglesia de Santo Domingo.

—Formó parte del convento dominico de Nuestra Señora del Rosario, levantado a mediados del siglo XVII por decisión del indiano don Domingo de Araújo, pero décadas después de que muriese.

—¿Qué fue del convento?

—Fue cuartel de las tropas francesas durante la guerra de la Independencia de 1808, suprimido durante el Trienio Liberal de 1820, lo restableció Fernando VII durante los períodos absolutistas de su reinado y su comunidad fue extinguida en 1835, después de aprobarse la desamortización de Mendizábal. Desde entonces tuvo varios usos hasta que se derribó en el siglo XX, no recuerdo en qué año.

La fachada es de estilo barroco clasicista. Presenta una puerta adintelada flanqueada por pilastras sobre la cual aparece un frontón triangular. La fachada está rematada por una espadaña campanario.

En el interior nos detuvimos ante el retablo mayor, donde destacan las imágenes *Nuestra Señora del Rosario*, *Santo Domingo* y *San Francisco de Asís*, y los retablos del *Rosario*, el de *San Jacinto* y el de la *Virgen del Perpetuo Socorro,* ante el lienzo *Aparición de santo Domingo* en Soriano Cálabro y ante la imagen *Cristo crucificado* de la capilla del Santo Cristo; todas estas obras son del siglo XVIII, los retablos de estilo churrigueresco. También llamó nuestra atención el escudo de armas, en piedra labrada, del licenciado Juan Fernández de Mena, del siglo XVII.

Sabrina miró el reloj.

—Me da tiempo a ir a casa, escribir un artículo, descansar y cambiarme de ropa.

—Yo también necesito descansar.

—Te recojo a las ocho y media.

Regresé al hotel por el camino más corto para ahorrar energías y ganar tiempo para haraganear.

Me dejé caer en la cama. Me estiré tanto que llegué a sentir cómo se distendían los discos intervertebrales.

Durante un rato me mantuve absorto en la contemplación de la claridad que entraba por la ventana.

Para desprenderme del todo del cansancio acumulado decidí ducharme, pero no pude: encontré pintura desprendida del techo cubriendo el plato de ducha. Se había producido una gotera. Lo comuniqué a recepción.

—No se preocupe. En unos minutos le alojamos en otra habitación.

Durante el tiempo que tuve que esperar a recibir habitación pensé en algunas cosas que me habían pasado en otros hoteles: en Valladolid me alojaron en habitaciones diferentes las cuatro noches que pasé en el hotel —por supuesto, no he regresado a ese hotel—; en Conil de la Frontera hube de llamar a un cerrajero para que rompiese el candado de seguridad de la maleta, pues había olvidado las llaves en casa; y en Lugo no pude dormir una noche por los taladrantes ronquidos del huésped de la habitación vecina.

—¡En fin, siempre tiene que pasar algo! ¿Por qué hablo solo? Sonreí.

Llamaron a la puerta.

—Buenas tardes. Señor, ya hemos preparado su nueva habitación. Deje que le lleve el equipaje.

—Muy amable.

Seguí al botones. Este abrió la puerta de la habitación. Dejó el equipaje junto a la cama.

—El hotel quiere disculparse por las incomodidades que ha sufrido con esta caja de bombones y esta botella de cava.

—Muchas gracias.

No me resistí, comí un bombón.

Me duché. Buena parte del cansancio se fue por el desagüe.

Me vestí, pero me mantuve descalzo; mis pies necesitaban respirar.

Me quedé mirando los bombones y el cava.

—¿Qué hago con vosotros?

No respondieron. ¿Cómo iban a responder si no tienen el don de la palabra?

—Sé lo que estáis pensando, pero podéis estar tranquilos. Os perdono la vida por unas horas. Vais a pasar una noche fría. Así, mañana os desayunaré con gusto. ¿Por qué hablo con unos bombones y una botella de cava?

Los metí en la nevera mini.

Encendí el televisor, un concurso; cambié de canal, publicidad; cambié de cadena, otro concurso; en otro canal, una entrevista superflua a un famoso; más cambios de canal, fútbol, vídeos musicales, anuncios, más anuncios, un avance informativo sin ningún interés, otro canal, otro más; apagué el televisor.

—Las televisiones aburren, el televisor es innecesario. ¡Otra vez! ¿Por qué hablo solo? ¿Estaré perdiendo la cabeza?

Cogí el móvil, me conecté a la wifi del hotel, consulté las webs de los principales museos de Madrid y tomé nota de las exposiciones temporales que visitaría a mi regreso.

Al salir del hotel, vi el coche de Sabrina estacionado en la acera de enfrente; ella también me vio y tocó el claxon. Me dirigí hasta el paso de cebra. El semáforo estaba en rojo para los peatones. Pasaron por delante de mí un grupo de jóvenes que se desplazaban en patinete eléctrico. Escuché la siguiente conversación:

—¡Son un peligro!

—¿Por qué?

—Porque son jóvenes y se mueven en patinete.

El semáforo se puso en verde para los peatones, crucé la calle, me acerqué al vehículo de Sabrina y subí a él.

—¡Hola, Sabrina! ¡Siempre tan puntual!

—¡Hola, David! ¡Tan puntual como tú!

Sabrina se incorporó a la circulación.

—¿Has escrito el artículo que querías?

—El del poeta errante, que saldrá mañana.

—¿Has descansado?

—Lo suficiente. Y tú, ¿has descansado?

—Poco.

—¿Poco? Has tenido más tiempo que yo para descansar, ¿qué ha pasado?

—He tenido una gotera en el baño y un cambio de habitación. Pero me quedo con lo bueno, el hotel me ha regalado bombones y cava, que desayunaré mañana.

—Siempre quedándote con lo bueno.

—Siempre hay que quedarse con lo bueno. ¿Para qué te sirve lo malo?

—Para hacer vinagre.

Reímos.

—No tomo vinagre.

—Ni yo.

Salimos de Orense bordeando el río Miño.

—¿A dónde vamos?

—A un hotel, que también es restaurante y bodega. Lo abren al público mañana a partir del mediodía. Hoy es el estreno en sociedad, con cena especial, degustación de vinos y más cosas.

—Un plan perfecto para rematar un día como hoy.

—El evento se prolongará hasta medianoche. Es la razón por la que había que venir descansado.

—Descansado, hambriento y sediento.

Reímos.

Sabrina tomó la carretera de acceso al hotel, situado en lo alto de un promontorio.

El jardín, diseñado con inteligencia y cuidado con esmero, nos llamó la atención por su cromatismo y mezcla de aromas debido a la diversidad de especies vegetales.

Accedimos al vestíbulo, diáfano y de techos altos. Los elementos más lujosos eran la escultura en bronce de Baco, en el centro, y la lámpara de araña, de gran diámetro.

—¡Buenas noches y bienvenidos! Acompáñenme al Salón de Cócteles.

Pasamos al salón, donde ya había invitados, hablando en corrillos.

—Veo a Antía e Hipólito, dos amigos; ella es locutora de radio y él, evaluador de hoteles.

Fuimos hacia ellos. Sabrina nos presentó. Minutos de conversación amable e intrascendente durante los cuales cumplí con mi papel de oyente.

Más personas entraron en el salón.

—Hemos sido los últimos en llegar.

Este comentario me confirmó que estábamos todos.

El anfitrión nos dirigió unas palabras de bienvenida y nos invitó a disfrutar de la noche.

Aparecieron camareros con bandejas de canapés y copas de vino. Nos servimos.

—Un vino frutal, equilibrado y fino.

—Hipólito, antes de ser evaluador de hoteles fue sumiller y crítico gastronómico.

—Lo sigo siendo. Intento compatibilizar los tres trabajos.

—¿Qué es un evaluador de hotel?, ¿cuál es su trabajo?

—Me alojo en el hotel como huésped misterioso; sin embargo, el hotel cree que soy un huésped más; no sabe que voy a evaluar los servicios que presta. Terminada mi estancia escribo un informe, que ha de servir al hotel para corregir los fallos detectados y dar una mejor atención al cliente.

—Ha de gustarte mucho viajar.

—Sí, me gusta.

—Y has de ser un buen observador.

—He aprendido a serlo.

—Imagino que evaluarás este hotel.

—¡Sí, claro! Y deseo ponerle la mejor calificación. Ha de ser un referente para la ciudad y la provincia de Orense.

Comí un segundo canapé y, en cuanto pude, otro más.

Pasamos al comedor. Nos sentamos a una mesa dispuesta en un «estilo elegante e internacional contenido», a juicio de Hipólito. A mí me pareció una mesa preparada de manera correcta, con sillas cómodas para los comensales.

El camarero nos sirvió ensalada de salmón, gulas y berros.

—La elección del vino ha sido acertada por su aroma frutal y suave sabor a hierbas balsámicas.

Probé el vino.

—La ensalada está emplatada con una disposición equilibrada de sus elementos, de inspiración renacentista, de estética florentina.

—Sin embargo, su cromatismo está cercano al estilo rococó.

No pude contener la risa.

—Lo siento. No tenía que haber hecho ese comentario. No he entendido nada de lo que has dicho. Mi cultura enológica y gastronómica es escasa. Las bebidas y las comidas me gustan o no me gustan, y este vino y esta ensalada me están gustando.

—Hay cursos de enología y gastronomía…

—A los que no voy a asistir.

—En esos cursos aprenderías conocimientos útiles.

—Sí, para el desempeño de profesiones que nunca voy a ejercer.

—Tú te lo pierdes.

—Tiempo que gano para otros menesteres.

Me concentré en la ensalada y en mantener la contención.

Un camarero nos retiró el servicio y otro nos sirvió rodaballo al horno con mejillones y almejas.

—Otra inteligente elección, un vino de aroma cítrico, amplio en boca, que potencia el sabor marino del rodaballo.

Me pregunté cómo era posible que un vino tuviese un «aroma cítrico» y qué es eso de «amplio en boca».

Sabrina y Antía se adueñaron de la conversación y la orientaron hacia su actividad profesional, lo que me permitió descubrir facetas que desconocía de la profesión periodística.

Hipólito volvió a la carga.

—Vino con una profunda estructura, untuoso, con aroma de manzana, ideal para acompañar el solomillo a la pimienta, un maridaje feliz.

Hice un esfuerzo titánico para evitar la carcajada.

Sabrina y Antía acudieron al rescate; conversaron acerca de próximos viajes, compras y otras actividades ociosas.

El camarero sirvió el postre, tarta helada de chocolate y menta.

—Su sabor es selvático…

—¡Hipólito, por favor! ¡Qué noche nos estás dando! ¡Para ya con tus comentarios!

Sabrina y yo nos retorcimos de la risa.

Nos sirvieron cava.

—¡Por nosotros!

Bebimos.

—¡Hipólito, por favor, no digas nada!

—¡Callado como un muerto!

Hipólito subrayó lo dicho haciendo con la mano izquierda el gesto de cerrar la boca con llave.

—No te hagas la víctima, ni dramatices.

—Solo te falta decirme que no respire.

—Eso dejo que lo decidas tú.

Reímos.

Los invitados nos dirigimos hacia el mirador del hotel. Desde allí pudimos contemplar el espectáculo pirotécnico, que llenó el cielo de bellas composiciones fugaces, de formas y colores caprichosos. Hubo quienes reaccionaron con asombro, todos aplaudimos.

Nos despedimos de Antía e Hipólito.

—¿Por qué os vais tan pronto?

—Tengo que escribir el artículo sobre este evento para publicarlo mañana en el periódico, acompañado de la entrevista que realicé hace unos días al presidente de la cadena hotelera.

—Tenemos que encontrar un día para salir de compras y tapeo.

—Sí, un plan perfecto. En unos días te llamo.

Pasamos por la tienda del hotel. Sabrina compró una camiseta blanca de escote asimétrico y estampada con motivos florales y el logo del hotel; yo compré dos botellas de ribeiro, una de uva *loureira* y otra de mencía.

Sabrina bajó unos dedos las ventanillas del coche; sentí el frescor de la brisa que ascendía por el valle del Miño.

—¿Lo has pasado bien?

—Sí, muy bien. No olvidaré esta noche. Hace tiempo que no me reía tanto, y todo gracias a los comentarios de Hipólito y las regañinas de Antía.

—Hipólito vive con pasión sus actividades profesionales y, cuando se viene arriba, es un derroche de palabrería. ¿De qué te ríes?

—De alguno de sus comentarios. ¿Cómo puede decir de un vino que es untuoso? Un fluido no puede ser untuoso; untuosa es la mantequilla, la mermelada, la nocilla…

—A mí me gustaron los comentarios sobre los aromas de los vinos, uno a manzana y otro cítrico.

—Quizá confunda el vino con la sidra, quizá crea que al vino le echan limones.

Reímos.

—¡Sabrina, no te rías, que estás conduciendo, que nos vamos al río!

—Moriríamos riendo.

—Sería una muerte feliz, pero mejor más adelante.

—¿En un kilómetro?

—¡Vale! ¡No! ¡No me líes! ¡Quiero decir dentro de treinta años! ¡No hay prisa!

Entramos en Orense.

—Te dejo en el hotel.

—Gracias.

Sabrina se detuvo a unos metros del hotel.

—Mañana más.

—Felices sueños.

—Espera mi llamada.

El monasterio de Santa María la Real de Oseira y la Fiesta del Pulpo de Carballino

Me desperté temprano, pero descansado.

—¡Buenos días!

—¡Buenos días! ¿Hoy no desayuna?

—Primero daré un paseo.

Apenas me crucé con viandantes. Sin embargo, a medida que me acercaba al río Miño aumentaba el número de aficionados a la práctica de algún deporte, sobre todo corredores y ciclistas; también vi, a orillas del río, a dos parejas practicando taichí.

Un paisano de edad senatorial se acercó a mí.

—Son unos excéntricos.

—¿Quiénes?

—Esos cuatro. ¿No ve lo que hacen?

—Se ejercitan, meditan.

—A estas horas sienta mejor un carajillo de orujo que tanto ejercicio y tanta meditación.

Reí.

—No se ría. Lo tengo comprobado.

—Es muy posible que sea como dice.

—¡Claro que sí! ¡Compruébelo usted mismo!

Reí.

—Le haré caso, lo comprobaré.

Me dirigí al puente del Milenio, diseñado por el arquitecto Álvaro Varela Ugarte e inaugurado en 2001. Es el elemento más representativo del Orense vanguardista. Tiene forma elíptica y lo envuelve una pasarela peatonal. Desde lo más alto ofrece unas vistas espectaculares, que me abrieron el apetito.

Apreté el paso de vuelta al hotel sin entretenerme en ver el paisaje. Mi única ilusión y objetivo era sentarme a desayunar.

Encargué que me subiesen el desayuno a la habitación: un plato de fruta variada, una ración de tarta de Santiago y un café americano descafeinado, al que sumé unos bombones y una copa de cava con los que el hotel me compensó por las molestias del día anterior y que había guardado en la nevera mini.

—¡No cambio este desayuno por una sesión de taichí! He vuelto a hablar solo, ¡pero me importa un higo!

Sonreí viendo lo que tenía delante. Lo saboreé con gusto, quedando satisfecho.

Me conecté a internet. Estaba leyendo los últimos artículos publicados por Sabrina cuando me entró su llamada.

—¿Estás listo?

—Estoy listo.

—Te recojo en diez minutos.

Mientras esperaba pude ver en un canal de deporte los últimos minutos de un partido de baloncesto femenino.

Sabrina se detuvo delante de mí e hizo sonar el claxon. Subí al coche.

—¡Buenos días!

—Veo que vienes cargado de energía.

—¡Sí, a tope!

Sabrina se incorporó a la circulación.

—Perfecto, porque el día va a ser largo y variado.

—¿Me puedes adelantar algo de lo que vamos a hacer?

—Podría, pero no quiero.

—Me quieres sorprender.

—Espero sorprenderte y que lo pases bien.

Salimos de Orense por la N-525 sentido Santiago de Compostela.

—Pasan los kilómetros y no vemos ningún vehículo.

—El tráfico ha descendido mucho desde que hace años se terminó de construir la autovía a Santiago de Compostela. Además, es domingo.

Bajé tres dedos la ventanilla del coche para renovar el aire de su interior. Sentí un frescor agradable.

Sabrina se detuvo en una gasolinera. Pude escuchar la conversación que mantuvo con el dependiente.

—Buenos días, señorita. ¿Qué desea?

—Buenos días. Llene el depósito, por favor.

—Me alegra verla.

—¿Por qué?

—Usted es la primera persona a la que atiendo desde que entré a trabajar a las siete de la mañana. A veces pienso que lo mejor sería cerrar.

—No desespere. Seguro que vendrán más clientes.

—Cruzaré los dedos para que así sea.

Sabrina entró en la tienda para pagar el importe de la gasolina.

Entraron cuatro motoristas en la gasolinera.

Sabrina se subió al coche y lo puso en marcha.

—Has traído suerte al gasolinero.

—A ver si le empiezan a entrar clientes y le salen las cuentas.

Sabrina cogió la OU–0405 hasta Cea, después la OU–0406.

—Nuestro destino es El monasterio de Santa María la Real de Oseira. Espero que te guste.

—Me gusta.

—¿Lo conoces?

—Desde hace décadas.

—Tenía que haber supuesto que lo conocías; te habría llevado a otro sitio.

—No te lamentes. Me hace ilusión volver a visitar este monasterio después de tantos años.

—¿Cuántas veces lo has visitado?

—Muchas.

—¿Tanto te gusta?

—Sí. Me gustan el edificio, que reúne varios estilos artísticos, y el entorno, de gran belleza.

—Está en un valle apartado como para visitarlo de manera asidua.

—Está cerca de Lalín, donde he pasado muchos veranos por residir allí parte de mi familia. Visitaba el monasterio casi todas las semanas.

Sabrina estacionó el coche en el aparcamiento de la carretera OU–0406, a un centenar de metros de la entrada al monasterio.

Accedimos al recinto monástico a través de un arco de medio punto entre pilastras toscanas, rematado con un escudo coronado y las imágenes de la Asunción y dos ángeles músicos. Data de finales del siglo XVII.

El jardín aparecía cuidado con esmero.

Mientras esperábamos el inicio de la visita guiada al monasterio, Sabrina me relató los hechos más relevantes de la vida del abad don Lorenzo.

—El abad don Lorenzo antes de ser abad del monasterio de Santa María la Real de Oseira fue nigromante en su Toledo natal.

Me mostré asombrado.

—Nació en la segunda mitad del siglo XII. Llevó una vida llena de vicios en compañía de un amigo, del que se desconoce su nombre, que le arrastró a la nigromancia.

—Una actividad que no hay que practicar. A los muertos hay que dejarles descansar en paz siempre.

—Lorenzo y su amigo se entretenían contactando con los muertos para traerlos con los vivos.

—¡Horror!

—Pero, un día, el amigo de Lorenzo cayó enfermo de gravedad. Antes de que la fiebre le matase dijo a Lorenzo que vio las puertas del cielo cerradas para sí y abiertas las del infierno. Lorenzo le pidió a su amigo que volviese para contarle cómo es el reino de Satanás.

—¿Y volvió?

—Los días pasaban, Lorenzo cayó preso de la angustia, rezaba por su amigo de día y de noche, hasta que se le apareció.

—¿Cómo fue la aparición?

—Lorenzo estaba en una iglesia contemplando una imagen de la Virgen María, fue entonces cuando se le apareció su amigo, desnudo y desfigurado. Lorenzo quiso salir de la iglesia, pero su amigo levantó un brazo y dijo: «¡Lorenzo, ven y extiende tu mano!».

—¿Qué hizo Lorenzo?

—Obedeció.

—¿Qué pasó?

—Una gota de sudor frío del condenado cayó sobre la palma de la mano de Lorenzo, atravesándola.

Apreté los dientes.

—Lorenzo sintió un dolor visceral y una soledad absoluta y olió la putrefacción que desprendía el condenado. Lorenzo escuchó de su amigo las siguientes palabras: «Lo que tú has sufrido por un instante, yo lo sufriré por la eternidad. Apártate de la vida que mató mi alma condenándome al infierno. Abraza a Dios, satisfácele».

—Una escena escalofriante.

—El condenado le dijo a Lorenzo que entrase en la Orden del Císter por ser la más recta. Lorenzo obedeció al espectro de su amigo, llegó hasta este monasterio a finales del siglo XII, fue elegido su abad en 1205 tras años de vida ejemplar, fue legado del papa Inocencio III en Portugal y el único español elegido abad general de la Orden del Císter en 1223, trasladándose a Claraval. Regresó a este monasterio en 1225, donde vivió como el más humilde monje hasta su muerte en 1240.

—Una historia increíble.

Una mujer joven salió de la tienda del monasterio.

—Buenos días a todos. Me llamo Xiana. Seré la guía en la visita al monasterio.

Los visitantes nos acercamos a ella y devolvimos los buenos días.

—La visita será más breve que de costumbre, pues hemos de adaptarnos al horario de las misas.

La seguimos hasta la fachada de la iglesia monástica.

—El monasterio es anterior a la iglesia. Un grupo de monjes benedictinos lo fundaron en 1137 y, cuatro años después, se integraron en la Orden del Císter. Un incendio lo arrasó a mediados del siglo XVII. La reconstrucción se prolongó durante siglos, lo que explica que se reconozcan varios estilos artísticos, del románico al barroco, con predominio de este, y todos caracterizados por la austeridad cisterciense. La construcción de la iglesia se inició a finales del siglo XII y se consagró avanzado el XIII; sin embargo, la fachada es del XVII.

Los visitantes observamos la fachada mientras la guía continuaba con sus explicaciones.

—La fachada la diseñó el maestro Alonso. Es de estilo barroco...

Me recreé en los elementos que llamaron mi atención, que se encuentran en el cuerpo central. A los lados del acceso adintelado sendas hornacinas, entre columnas dóricas, acogen las imágenes *San Benito* y *San Bernardo*; descansa sobre la puerta un frontón clásico roto por una hornacina que recibe la escultura *Asunción*; sobre esta un frontón curvo y los escudos de la Orden del Císter y de Santa María la Real de Oseira; remata el cuerpo central un frontón curvo partido por el escudo de la Monarquía Hispánica, obra de Francisco de Moure. Dos torres esquineras enmarcan la fachada. Los sillares son almohadillados.

Seguimos a la guía.

—La fachada del monasterio se construyó a lo largo del siglo XVIII en estilo barroco. La puerta de acceso, en arco de medio punto, marca el eje de simetría de la fachada. Dos pares de columnas salomónicas enmarcan las escenas *Visión navideña de san Bernardo* y *Penitencia de san Benito en la cueva de Subiaco*. Sobre el balcón se distinguen el escudo de la Casa Borbón y el conjunto escultórico *Virgen con el Niño y san Bernardo arrodillado*. Corona la fachada la imagen *Esperanza sujetando un áncora*.

Accedimos al monasterio.

—El monasterio de Santa María la Real de Oseira es el segundo más grande de España después del Real Monasterio de San Lorenzo de El Escorial. Cuenta con tres claustros: el de los Caballeros, en el que nos encontramos, el Reglar y el de los Pináculos.

El claustro de los Caballeros se levantó en el siglo XVIII. La galería baja se soporta sobre arcos de medio punto entre pilastras, siendo el central de anchura doble al resto.

—La escalera de Honor se encuentra entre el claustro de los Caballeros y el Reglar. Se construyó en la década de los cuarenta del siglo XVII. Fíjense en el frente, los veinticuatro escalones están decorados con puntas de diamante.

El claustro Reglar abarca el espacio que ocupó el primitivo claustro románico y el posterior renacentista. Se levantó en la segunda mitad del siglo XVIII en estilo barroco. Tiene cinco huecos por panda; los de la galería inferior en arco de medio punto, los de la superior son adintelados. También se le conoce como claustro de los Medallones, por los medallones renacentistas que lo decoran y que decoraban el claustro anterior, y Procesional, porque este claustro acoge las procesiones que se celebran en el monasterio.

—La escalera de los Obispos se realizó en el siglo XVI y se reconstruyó en el XX. Sus elementos más llamativos son las cabezas de los querubines que decoran la puerta, las trompas en forma de vieira y la cúpula octogonal estrellada.

El locutorio es del siglo XVI. Se accede por un arco de medio punto con arco conopial doblado superpuesto. Lo cubre una bóveda de ocho nervios, conocida como bóveda de las laudas porque la plementería está hecha con laudas sepulcrales.

—El claustro de los Pináculos se construyó entre los siglos XVI y XVII. Es el de mayor tamaño. No presenta galería en el lado de poniente; las otras son altas y estrechas y están cubiertas por una bóveda de crucería. Debe su nombre a los pináculos que rematan los contrafuertes.

El claustro Reglar se comunica con la iglesia monacal a través de una puerta renacentista del siglo XVI. Se abre en arco de medio punto; sobre el entablamento se distingue el conjunto escultórico *Dios padre, la Fortaleza y la Justicia*.

La iglesia tiene planta de cruz latina; el brazo longitudinal cuenta con tres naves, la central, de mayor tamaño, y transepto de una nave. Las cubiertas son muy variadas: a los pies, una bóveda plana compuesta por una densa red de nervios con claves fitomórficas soporta el coro; las naves del brazo longitudinal se cubren con una bóveda de cañón apuntada, peraltada y reforzada con arcos fajones de arista viva, que descansan sobre columnas embebidas en los pilares y muros perimetrales; el transepto con bóveda de cañón apuntada; el crucero con una cúpula hexadecagonal, reforzada con dieciséis nervios, que descansa sobre cuatro trompas; y la cabecera por una bóveda de horno reforzada por ocho nervios de sección prismática.

—Observen los elementos decorativos: las trompas del crucero están decoradas con relieves de madera tallada y la plementería de la cúpula con pinturas, son del siglo XVIII, se representan a santos cistercienses; las capillas que se abren en la girola reciben cuatro retablos de granito del siglo XVII y la imagen *Virgen de la leche* en piedra policromada del siglo XIII; los retablos del crucero son del siglo XVIII, fabricados en madera policromada.

Me detuve ante la *Virgen de la leche* por su singularidad; aúna el hieratismo románico y la sensibilidad gótica.

—Solo nos queda por ver la sacristía antigua y la antigua sala capitular.

La sacristía antigua es del siglo XVI. Está cubierta por una bóveda de crucería rebajada; sus nervios se apoyan en ménsulas y las claves están decoradas con escudos de la Orden del Císter y de los reinos de Castilla y de León.

La antigua sala capitular se construyó entre los siglos XV y XVI. Es de planta cuadrada, dividida en nueve espacios por cuatro columnas centrales. A esta sala también se la conoce como la de las Palmeras pétreas por sus columnas: son de base cilíndrica, fuste torsionado, estriado y decorado con flores tetrafolias y carece de capitel. Los nervios de la bóveda arrancan del fuste de las columnas y apoyan en las ménsulas de los muros. Las claves de las bóvedas están decoradas con flores y rostros caricaturescos.

—Pues bien, la visita ha terminado. Síganme hasta la salida.

Sabrina y yo nos quedamos rezagados.

—Antes de irnos quiero detenerme en la tienda a hacer unas compras.

—Y yo.

La tienda exhibe productos artesanales.

—¿Tienes decidido qué quieres comprar?

—Sí. Compraré una botella de licor de eucalipto y unas mermeladas.

—Es difícil elegir entre tantas mermeladas de sabores tan originales.

—Ya me he decidido; serán tres mermeladas: de pera con canela, mandarina al ron y café.

—Yo compraré dos: de manzana a la menta y de mandarina al tomillo.

—Por favor, la mermelada de café me la pone para regalar.

Abonamos el importe de las compras y salimos de la tienda.

—La mermelada de café es para ti. Quiero agradecerte tu amabilidad para conmigo durante estos días.

—¡No, por favor! No me tienes que agradecer nada.

—Me hace ilusión que aceptes este presente.

Sabrina recibió el regalo con una sonrisa.

—¿Por qué has elegido la mermelada de café?

—Por asociación cromática: tu cabello y tus ojos son de color café. Me disculpo, ha sonado muy cursi. Espero que te guste.

—Me gustará porque viene de ti. También me disculpo, ha sonado muy cursi.

Reímos.

Cruzamos la carretera después de que pasase un grupo de ciclistas.

Había coches estacionados en el aparcamiento, que no estaban cuando llegamos.

Dejamos las bolsas con las compras en el maletero del coche, subimos a este, Sabrina lo puso en marcha y bajó las ventanillas delanteras.

—El coche se ha calentado; hace falta que se ventile.

Un minibús estacionó en el aparcamiento; de él bajó un grupo de turistas que se encaminó hacia el monasterio tras un guía.

Sabrina se incorporó a la circulación sentido Cea.

—¿Regresamos a Orense?

—No.

—¿A dónde vamos?

—A Carballino. Hoy es la Fiesta del Pulpo.

—Sé que es una de las fiestas gastronómicas más importantes de Galicia, pero nunca he asistido a ella.

—Lo pasaremos bien. Comeremos pulpo *á feira* y otros productos típicos de la gastronomía gallega.

—¿Cuánto tardaremos en llegar?

—Una media hora.

Sabrina invadió el carril contrario para adelantar al grupo de ciclistas que vimos pasar por delante de nosotros hacía unos minutos.

—¿En qué año empezó a celebrarse la Fiesta del Pulpo de Carballino?

—En 1962 un grupo de amigos se reunió para celebrar una comida popular con el pulpo *á feira* como plato principal. La primera Fiesta del Pulpo se celebró en septiembre, coincidiendo con las fiestas patronales.

—Sin embargo, ahora se celebra en agosto.

—A mediados de los años sesenta del siglo XX se decidió el cambio de fecha, eligiéndose el segundo domingo de agosto. Se pensó que con el buen tiempo vendrían más turistas, y así fue. Ha habido años en los que los asistentes han sido cerca de cien mil.

—El impacto económico debe ser importantísimo.

—Lo es. Carballino es lo que es gracias a la Fiesta del Pulpo. Por cierto, es Fiesta de Interés Turístico Internacional desde 2022.

Sabrina tomó la OU-187.

—Carballino existe gracias al pulpo. Hay que remontarse varios siglos atrás.

—Te escucho.

—Diego Arias, un noble al servicio de la reina Urraca I de León, recibió de esta el Coto de Marín por los servicios prestados. El noble lo entregó a la Orden del Císter al ingresar en ella en 1150. El monasterio de Santa María la Real de Oseira empezó a recibir grandes cantidades de pulpo en concepto de diezmo. Los monjes lo repartían entre los feligreses de Cea, donde llegó a celebrarse una feria mensual desde finales del siglo XIII. Los religiosos cambiaron el emplazamiento de la feria en 1670, situándola en un cruce de caminos, naciendo Carballino.

Sabrina subió las ventanillas del coche sin llegar a cerrarlas.

—Conoces muy bien la historia de Carballino.

—Los abuelos de mis abuelos se instalaron en Carballino. Mis hermanos y yo somos la quinta generación de carballineses, ¡y ya vive la sexta!.

Sabrina se incorporó a la OU-504.

—Nos queda poco para llegar a Carballino. Primero iremos a casa de mis padres, donde te presentaré a mi familia, y luego marcharemos al parque Municipal, donde se celebra la Fiesta del Pulpo.

—Me tenías que haber dicho que me ibas a presentar a tus padres; habría tenido un detalle con ellos.

—A la fiesta te invito yo, no te invitan mis padres, y conmigo estás cumplido.

Los padres de Sabrina se mostraron atentos, su hermano mayor desconcertante y el menor cercano.

—Un amigo de mis hijos es amigo mío.

—Muy amable, señor. Gracias.

—Desde hoy esta casa es tu casa.

—Muchas gracias, señora. A sus pies.

—Yo no soy tan amable. Si mi hermana te ha traído a casa es porque eres algo más que un amigo. Si te portas mal con ella te tiro de cabeza al pozo que tenemos en el jardín. ¿Te ha quedado claro?

—¡Iván, por favor!

—¡Sabrina, no me reprendas! Quería ver la reacción de tu amigo. Veo que tiene temple. Me llevaré bien con él.

—¡Bienvenido! Yo no gasto bromas tan pesadas.

—Me quedo más tranquilo.

Las cuñadas de Sabrina fueron cordiales y sus hijos simpáticos.

Nos dirigimos al parque Municipal, que se extiende a lo largo de la margen izquierda del río Arenteiro. Sabrina me dio unos datos sobre el lugar.

—Este es uno de los parques forestales más grandes de Galicia con sus más de treinta hectáreas.

—Cualquiera diría que se hizo pensando en acoger la Fiesta del Pulpo.

—Sin embargo, es muy anterior, data de finales de los años veinte del siglo XX.

El ambiente era de romería; había grupos de gaiteros, de música popular y de baile de muñeiras, todos vestidos de manera tradicional.

Nos detuvimos ante un puesto en el que se preparaban platos de pulpo *á feira*. Escuché las explicaciones de Iván y de la *pulpeira* que nos atendió.

—Para hacer un buen plato de pulpo *á feira* se necesita una buena *pulpeira* de Santa María de los Arcos, ¡son las mejores!

—También se necesitará un buen pulpo, digo yo.

—Dices bien, pero una mala *pulpeira* te destroza un buen pulpo.

—Gracias, señor, por valorar nuestro trabajo.

—Hay que hacerles justicia, a ustedes, a las *pulpeiras* de Santa María de los Arcos.

—¿Cómo se hace un buen pulpo *á feira?*

—La *pulpeira* te lo explicará mejor que yo.

—Ponga a hervir agua con sal en una pota de cobre calentada con leña de roble, meta y saque el pulpo tres veces en el agua hirviendo, para que se asuste; déjelo cocer durante treinta minutos, más o menos, según lo grande que sea, sáquelo, déjelo reposar un cuarto de hora, córtelo sobre un plato de madera de pino y condiméntelo con aceite de oliva virgen, sal gorda y pimentón, dulce o picante, a gusto. Si quiere lo puede acompañar con patatas cocidas. No se olvide que el plato ha de ser de madera de pino; el pulpo *á feira* sabe mejor en plato de madera de pino que en plato de cristal o de porcelana. Y sabe aún mejor con pan de Cea y vino ribeiro blanco.

La *pulpeira* me dio la explicación mientras cortaba el pulpo.

—Me parece increíble la rapidez con la que corta el pulpo, ¡y lo hace sin mirar!

—Llevo cortando pulpo cincuenta años.

—¿Y nunca se ha cortado un dedo?

—¡Nunca!

Nos sentamos a una mesa bien servida de pulpo *á feira,* empanadas diversas, pan de Cea y vino ribeiro blanco.

Iván tomó la iniciativa.

—¡Brindemos por nosotros!

—¡Por nosotros!

—¡Brindemos por la Fiesta del Pulpo de Carballino!

—¡Por la Fiesta del Pulpo de Carballino!

—¡Brindemos por Octavio!

—¡Por Octavio!

—¿Quién es Octavio?

—El pulpo Octavio es la mascota de la Fiesta del Pulpo de Carballino desde 2012.

—También tienes que saber que la Fiesta del Pulpo de Carballino tiene por himno la cántiga *Pulpeiriña do Arenteiro*, redactada por el historiador carballinés Felipe Senén López, la música es de Xosé Lois Foxo.

—¡Brindemos por las *pulpeiras* de Santa María de los Arcos!

—¡Por las *pulpeiras* de Santa María de los Arcos!

Brindamos y bebimos.

—Ya sabéis cuánto me gusta cantar en las fiestas.

—Te gusta cantar, comer y beber.

Reímos.

—Voy a cantar.

—¿Qué vas a cantar?

—¡Lo que se me ocurra! ¡Soy un genio de la improvisación!

Reímos.

—¡Callad, que voy a empezar!

Fiesta de Carballino, fiesta del pulpo,
acompañado de pan y de vino,
¡alegría, alegría!
Comemos, bebemos y reímos,
unos cantan y otros bailan,
¡alegría, alegría!

Iván cantaba alto y hacía vistosos aspavientos. Quedó pensativo.

—¡No he terminado!

> *Las pulpeiras dan de comer,*
> *otros dan de beber,*
> *¡alegría, alegría!*

Me costaba contener la risa.

—¡El que se ría se queda sin postre! Sigo:

> *Los gaiteros tocan la gaita,*
> *unos cantan, otros bailan,*
> *¡alegría, alegría!*

No pude más, rompí a reír. Contagié la risa a los demás comensales.

—¿Por qué os reís?

—¡Alegría, alegría!

Reímos y aplaudimos.

—No te dejo sin postre porque me has hecho reír, pero ahora he perdido el hilo de la improvisación y no sé seguir.

—¡Así no llueve!

—¡No te vengas abajo!

Dimos una cerrada ovación a Iván, que dijo:

—¡A comer y beber!

Todos dijimos:

—¡A comer y beber!

Empezamos a comer.

—Iván, has hablado y cantado, ahora come y calla y deja que los demás hablemos.

—Sabrina, ya son muchas las veces en las que he demostrado que soy capaz de comer y hablar. ¡Hablaré hasta que se me acabe el carrete! Además, que si los demás queréis hablar podéis hablar.

Reímos.

—David, ¿te está gustando el pulpo *á feira?*

—¡Sí, mucho!

—¡Pues sigue comiendo pulpo *á feira!* ¿Te está gustando el pan de Cea?

—¡Sí, claro!

—¡Pues sigue comiendo pan de Cea! ¿Te está gustado el vino ribeiro blanco?

—¡Sí, por supuesto!

—¡Pues sigue bebiendo vino ribeiro blanco! ¡Come y bebe!

—¡Y mientras come y bebe tú le pones la cabeza como un bombo!

—¡No hagas caso! Te voy a contar más cosas de la Fiesta del Pulpo de Carballino.

—Te escucho. Soy capaz de comer, beber y escuchar, por ahora.

Reímos.

—El próximo año tienes que venir a Carballino los días anteriores a la Fiesta del Pulpo. Te llevaré a hacer «A Ruta das Tapas», de bar en bar comiendo tapas de pulpo preparado de mil maneras. Luego Sabrina te llevaría a ver monumentos, sitios singulares y personajes raros, chiflados.

—¿Qué sitios de interés se pueden visitar en Carballino?

—Sabrina, esta pregunta es para ti.

—La iglesia de la Veracruz, el pazo de Banga, el Parque Etnográfico de Arenteiro, la Peña de los Enamorados y muchos más.

Terminamos el primer plato de pulpo *á feira*.

—¿Qué son estas letras grabadas en el plato?, ¿qué significan?

—Son las marcas con las que se identifica a la familia de *pulpeiras* dueña del plato. Hay docenas de marcas distintas.

En la mesa también había empanadas de distintos sabores.

—¿Qué empanada te gusta más, la de atún o la de zamburiñas?

—Me gustan las dos.

—¡Pues comerás de las dos!

—Las raciones son grandes.

—En la Fiesta del Pulpo de Carballino todo es grande.

Di un bocado a la empanada de atún.

—¿Qué te parece?

—¡Muy buena!

—La de zamburiñas también te gustará.

—No le metas prisas; comiendo deprisa no se saborea la comida y sienta mal.

—No le meto prisas; le he dicho que la empanada de zamburiñas también le gustará. ¡A ver si escuchamos!

Di otro bocado a la empanada de atún con los ojos puestos en la de zamburiñas.

—¡Y bebe vino para que te baje la empanada!

—Le vuelves a atosigar. No hagas caso a mi hermano; come y bebe lo que te apetezca al ritmo que más lo disfrutes.

—No hagas caso a mi hermana; tiene complejo de nutricionista. Recuerda que de esta vida llevarás tripa llena y nada más.

Reímos.

Terminé la empanada de atún, bebí vino y la emprendí con la empanada de zamburiñas.

—Se ve que te gusta.

—Me gusta mucho. Pero yo he venido aquí a comer pulpo *á feira*.

—¡Claro que sí! Cuando acabes la empanada te comes otro plato de pulpo *á feira,* ¡con pan y con vino!

Iván puso más énfasis en el vino que en el pan.

—Va a ser con más pan que vino.

—¿Acaso no te gusta el vino ribeiro blanco?

—Sí, pero quiero poder ponerme de pie y no caerme.

Reímos.

—El vino no se sube a la cabeza con la barriga llena de buena comida.

—A mi cabeza sí se sube por muy llena que tenga la barriga; lo tengo comprobado.

—Además, tú no vas a conducir, conducirá mi hermana.

Después del segundo plato de pulpo *á feira* me encontré saciado, y mareado después del último trago de vino.

—Te has quedado callado.

—Ahora mismo no soy capaz de hablar y hacer la digestión al mismo tiempo.

—¡Perfecto! Yo hablo y tú escuchas.

Iván hablaba y no callaba, yo, con mucho esfuerzo, conseguí mantener cara de que le estaba escuchando.

Pasada media hora me fui encontrando mejor.

La madre de Sabrina aprovechó un instante de silencio para dirigirse a todos nosotros.

—La sobremesa la continuaremos en casa. Os preparé café de pota y comeréis las cañas de Carballino que hice esta mañana.

Iván realizó otra de sus rotundas afirmaciones:

—¡Va a ser el mejor café que nunca hayas bebido y van a ser las mejores cañas de Carballino que nunca hayas comido!

—¿Te encuentras bien?

Fui capaz de ponerme en pie y no caerme.

—Sí, me encuentro bien.

Iván profirió otra más de sus rotundas afirmaciones:

—¡Claro que sí! ¡Comer y beber bien sienta bien!

Hasta donde me alcanzaba la vista había mesas llenas de comensales, *pulpeiras* haciendo su trabajo, grupos musicales, de gaiteros y de baile animando la fiesta y personas yendo y viniendo.

—No me he perdido una Fiesta del Pulpo desde mis años mozos y ya estoy jubilado.

—Esos son muchos años.

—Me gusta este ambiente, pero es muy bullicioso para niños tan pequeños como mis nietos. Además, quieren ir a casa a comer las cañas de Carballino que les ha hecho su abuela.

—Las abuelas son las mejores haciendo dulces.

—Y los nietos son los más aplicados comiéndolos.

Reímos.

Me detuve ante un punto de venta de recuerdos para turistas. Compré un plato de madera y una camiseta, el primero tenía grabado el pulpo Octavio y la segunda lo tenía estampado.

—Ya puedes lucir la camiseta allá donde vayas.

—Y animaré a todos a que vengan a la Fiesta del Pulpo de Carballino.

—¡Claro que sí! A más visitantes más prosperidad para el pueblo.

Un periodista, micrófono en mano, acompañado de un cámara, vino hasta nosotros.

—¿Les puedo robar un minuto?

—Los que quiera.

—¿Cómo lo están pasando?

—¡Bien, muy bien!

—Veo que los abuelos y los nietos habéis venido a la Fiesta del Pulpo de Carballino vestidos con los trajes tradicionales.

—Sí, como todos los años. Los hijos no son tan atrevidos, aunque sienten como nosotros el amor por Carballino y la Fiesta del Pulpo.

—¿Cuántos años llevan viniendo a la Fiesta del Pulpo de Carballino?

—Muchos, muchos. La primera vez que vinimos éramos niños y ya somos abuelos.

—Gracias. Sigan divirtiéndose.

Seguimos divirtiéndonos en el jardín de la casa de los padres de Sabrina.

—Sentaos a la mesa. En unos minutos hago el café de pota y sirvo las cañas de Carballino.

Los niños saltaron y aplaudieron.

—¡Qué ricas!

—¡Queremos las cañas de la abuela!

Sabrina y sus hermanos pusieron el servicio en la mesa para recibir el café y los dulces.

—Solo hacemos café de pota los días de fiesta.

—¿Cómo se hace?

—¿No sabes cómo se hace el café de pota?

—No.

—Mamá, dile cómo se hace el café de pota.

—Se pone al fuego un litro de agua con cuatro cucharadas soperas de azúcar, se remueve, se retira la pota cuando la infusión echa a hervir, se añade café molido, se remueve, se deja reposar un par de minutos y se pasa por un colador de tela. Yo le echo canela en rama. El resultado es un café intenso con aroma a canela, bajo en cafeína.

—Lo haré en casa.

Sabrina e Iván sirvieron en la mesa sendas fuentes con cañas de Carballino.

—Las auténticas cañas de Carballino se rellenan con crema pastelera, pero he rellanado algunas con nata y crema de vainilla porque son las que más gustan a mis nietos.

Cogí una caña de Carballino, la miré, sonreí, me la llevé a la boca, sentí el crujir del barquillo y el dulzor de la crema pastelera. La saboreé con deleite.

Niños y mayores comimos una caña detrás de otra hasta vaciar las dos fuentes, pero, para sorpresa y disfrute de los niños, la abuela trajo una caña de nata a cada uno.

—¡Gracias, abuela!

Los niños besaron a la abuela; el semblante de esta fue de felicidad.

Los adultos conversábamos y los niños jugaban.

La tarde fue pasando sin que nos diésemos cuenta.

—La sobremesa la abrimos con un café con aroma a canela, ¿qué os parece si la cerramos con otro con aroma a vainilla?

—¡Una idea estupenda!

Iván nos contagió su entusiasmo.

Al acercarme la taza de café, olí el aroma a vainilla que desprendía; a continuación, lo saboreé con gusto.

—Tomar café en esta casa es un placer verdadero.

—¡Mi madre es la mejor haciendo café!

El tono que dio Iván a sus palabras revelaba devoción hacia su madre.

Sabrina miró el reloj y apuró la taza de café.

—¡Te vas a atragantar!

—Se me ha hecho tarde.

—¿Qué tienes que hacer?

—Ir a la redacción del periódico y finalizar unos asuntos.

—El periódico te absorbe más de lo debido.

—¿Acaso a ti no te absorbe tu trabajo?

—Yo soy mi jefe, ¡y un día como hoy no trabajo!

—Yo no soy mi jefa, y los periódicos no cierran.

Me despedí de la familia de Sabrina. El abrazo de Iván me hizo sentir pequeño.

Sabrina se concentró en la conducción, circulando al límite de velocidad que marcaban las señales de tráfico.

—Hoy no te dejaré en el hotel; te dejaré en la redacción del periódico e irás al hotel andando.

—Dar un paseo me sentará bien.

El paseo me desentumeció después de haber pasado muchas horas sentado.

Llegué al hotel pasadas las nueve y media de la noche. Entré en el restaurante.

—Hoy su mesa está ocupada.

—Me vale cualquier otra.

Cené una ensalada y fruta.

Antes de acostarme comí los últimos bombones con los que me obsequió el hotel el día anterior, lo que me ayudó a tener dulces sueños.

La Feria de Pinturas de Orense y la sidra del manzano de la fertilidad

Me encontré con Sabrina a las puertas del Mercado de Abastos.

—¡Buenos días!

—¡Hola!

—De camino hasta aquí he visto a aficionados a la pintura ocupados en llevar al lienzo distintos espacios de la ciudad.

—Hoy es la Feria de Pinturas de Orense. Se celebra un concurso de pintura; el tema es la ciudad de Orense; a partir de ahí, los artistas eligen qué rincón de la ciudad pintar, la técnica y las dimensiones de la obra. Las tres obras premiadas pasarán a nutrir los fondos del Museo Arqueológico Provincial de Orense; el resto de obras se subastarán y el dinero se destinará a ayudar a las familias más necesitadas. Entremos al mercado, donde, seguro, encontraremos algún pintor.

Accedimos al Mercado de Abastos. Los clientes iban de un puesto a otro comparando productos y precios y realizando las compras oportunas. Los expositores llamaron mi atención por la variedad de género y presentación esmerada.

Vimos un pintor ante una pescadería. Estaba ocupado en retratar al pescadero sujetando una merluza por la cabeza; el artista demostraba su virtuosismo al reproducir de manera exacta las escamas del pescado y su color gris plateado en tonalidades muy matizadas.

—Buenos días. Me llamo Sabrina, soy periodista y estoy cubriendo la Feria de Pinturas de Orense. ¿Cómo titulará la obra?

—*Retrato del pescadero Juan.*

—Una obra costumbrista.

—Y de reconocimiento al pequeño comerciante.

—¡Mucha suerte!

—¡Muchas gracias!

Frente a un puesto de fruta, verduras y hortalizas, un segundo pintor estaba concentrado en reproducir en el lienzo una ristra de ajos y otra de cebollas, que colgaban de un soporte, y en la base cestas de judías verdes, lombardas, repollos, brócolis y coliflores.

—Lo titularé *Bodegón de hortalizas y verduras en el Mercado de Abastos de Orense.*

—¿Qué le ha llevado a pintar un bodegón?

—Es mi género predilecto.

—¡Suerte!

—¡Gracias!

Salimos del Mercado de Abastos dejando atrás su vitalidad y bullicio.

—Este parque se llama Alameda del Concejo.

—¿Sabes por qué se llama así?

—Durante la Edad Media, los vecinos de la ciudad venían aquí a celebrar los concejos.

El paseo por la Alameda del Concejo fue agradable. Nos detuvimos, como otros viandantes, ante *Mujer desnuda*, escultura en bronce, obra del artista local Luis Borrajo Vázquez.

—El cuadro llevará el título *Curiosos ante la Mujer desnuda.*

La escena era un marcado escorzo de la escultura con espectadores a ambos lados.

Sonreí.

—¿Por qué sonríe?

—Estoy imaginando a otro pintor, aquí y ahora, cerca de usted, pintándole. El cuadro se titularía *Un pintor rinde homenaje a la Mujer desnuda.*

—¡Gracias! Me acaba de dar el título para mi próximo cuadro. Me servirá para autorretratarme, algo que, por pudor, nunca he hecho, pintando una vez más una escultura por la que me siento atraído desde siempre. Creo que es la mejor obra de Luis Borrajo Vázquez.

—No le molestamos más. ¡Suerte en el concurso!

—¡Gracias!

Antes de abandonar la Alameda del Concejo, nos paramos ante la escultura de una de las personalidades orensanas más destacadas del siglo XX.

—Florentino López Alonso-Cuevillas fue antropólogo y prehistoriador, estudioso del megalitismo y los pueblos celtas en Galicia.

Cruzamos a paso ligero la calle del Progreso para llegar a la plaza del Obispo Cesáreo.

—Don Cesáreo Rodrigo fue obispo de la diócesis de Orense durante el último cuarto del siglo XIX. Se ganó fama de conciliador.

La plaza del Obispo Cesáreo es una plaza ajardinada con tres elementos destacados: la fuente de la Alameda, procedente del monasterio de Santa María la Real de Oseira; la estatua de Eduardo Blanco Amor y el monolito al lector, un homenaje de la Feria del Libro de Orense a los lectores que la visitan cada año en su vigésimo quinto aniversario en 2009.

Ante la fuente de la Alameda vimos a un aspirante a ganar la Feria de Pinturas de Orense.

—Su técnica es muy atrevida.

—Extiendo el pigmento sin diluir; así consigo dar más textura a la obra y un cromatismo más intenso.

—Es un cuadro que llamará la atención.

—Espero que la llame para bien.

—Seguro que sí. ¡Suerte!

—¡Gracias! La necesitaré.

Nos alejamos del artista.

—Otra fuente procedente del monasterio de Santa María la Real de Oseira se encuentra en el parque de San Lázaro.

—Hemos de visitar ese parque y ver esa fuente.

—Hay más cosas que ver en ese parque además de esa fuente, cosas que te sorprenderán.

Otro artista estaba pintando la escultura de Eduardo Blanco Amor y su entorno.

—Eduardo Blanco Amor es uno de los escritores orensanos más destacados del siglo XX. Escribió en gallego y español y tradujo al español obras que antes había escrito en gallego. De su obra me quedo con *La catedral y el niño*, una novela de aprendizaje en la que el protagonista es un niño, hijo de padres separados de caracteres y ambientes sociales muy distintos.

—La leeré.

El pintor hizo una pausa en su tarea e intervino en la conversación.

—A la recomendación de la señorita sumo dos: *A esmorga*, traducida al español con el título *Parranda*, si le gusta la novela tremendista, y *Os biosbardos*, en español *Las musarañas*, un libro de cuentos.

—Me los apunto también.

—Declarada su inclinación literaria por Eduardo Blanco Amor entiendo que sea el protagonista de su cuadro.

—Soy el primero en reconocer que mi obra debe más a los artistas del pasado, mis fuentes de inspiración, que a mi ingenio.

—No se quite mérito.

—El cromatismo de su cuadro es muy vivo, casi fovista.

—Quiero que sea un cuadro que apetezca llevárselo a casa.

—Le deseo mucho éxito.

—¡Gracias!

Paramos delante de uno de los edificios señeros de Orense.

—La iglesia de Santa Eufemia se levantó a mediados del siglo XVII como parte de un colegio jesuita y un siglo después pasó a ser iglesia parroquial, la más importante de Orense después de la catedral de San Martín.

—La fachada es de estilo barroco.

—Es obra de fray Plácido Iglesias.

La fachada de la iglesia de Santa Eufemia es cóncava; cuenta con cuatro columnas jónicas en cada piso, las cuales enmarcan el acceso adintelado, la hornacina, que rompe la cornisa que separa los dos niveles de la fachada y acoge una imagen de santa Eufemia, obra que Xosé Cid realizó en 1985, y la vidriera; entre las columnas del nivel superior hay dos relieves heráldicos idénticos; corona la fachada una cruz, dentro de un frontón curvo partido, flanqueado por cuatro pináculos; de las dos torres esquineras se finalizó la derecha en 1989, que recibe el campanario; la otra torre no se remató por limitaciones presupuestarias.

—El interior es sobrio si se compara con el exterior. Alberga dos elementos de interés, el retablo del Santo Cristo de la Esperanza, de finales del siglo XVIII, y el órgano, del siglo XX.

A unos metros de la iglesia de Santa Eufemia había un artista pintado su fachada.

—Está sabiendo plasmar el claroscuro de la fachada generado por la diferente incidencia del sol sobre la misma debido a sus líneas curvas.

—Esperemos que lo aprecie el jurado.

—O, en su defecto, el particular que compre el lienzo.

Tomamos la calle Lamas Carvajal.

—Esta calle está dedicada a otro de los personajes ilustres nacidos en Orense durante el siglo XIX, don Valentín Lamas Carvajal. Fue periodista y poeta. Antepongo la profesión de periodista a la de poeta por deformación profesional.

Sonreí.

—Comprendo.

—Participó en el movimiento del Rexurdimiento y fundó con Murguía la Real Academia Gallega.

—Imagino que lo estudiaste en la carrera de Ciencias de la Información.

—Fundó el periódico *El Heraldo Gallego* y dirigió *La Aurora de Galicia* y *El Eco de Orense*.

—Se puede afirmar que el periodismo gallego debe mucho a Lamas Carvajal.

—También le debe mucho la literatura gallega. Sus obras son costumbristas y de denuncia social, criticó la difícil situación del campesinado gallego. Te recomiendo *Catecismo do labrego* y *A musa d'as aldeas*.

Llegamos a los jardines del padre Feijóo sin darnos cuenta.

—En estos jardines se erigió la primera escultura urbana de Orense en honor del padre Benito Jerónimo Feijóo, nacido en Pereiro de Aguiar, un pueblo cercano a Orense.

—De un humilde pueblo puede salir un intelectual sobresaliente.

Nos acercamos a la estatua. El pedestal es de granito y la imagen del religioso de bronce, obra de Juan Soler y Dalmau; el padre Feijóo aparece vestido con el hábito benedictino, sujetando un cálamo con la mano derecha y con la izquierda un ejemplar del Teatro Crítico Universal, su obra más trascendental, escrita entre 1726 y 1740.

—Se definió como «ciudadano libre de la república de las letras».

—Yo lo valoro por ser el primer intelectual español del que se tiene noticia que defendió a las mujeres frente a los desprecios de los que eran objeto. Hoy casi ninguna mujer sabe que fue un religioso nuestro primer defensor. Reconoció nuestra valía en el discurso que lleva por título *Defensa de las mujeres*, que aparece recogido en el primer tomo del *Teatro Crítico Universal*.

—La solvencia intelectual de las mujeres la constato todos los años; quizá la nota más alta de mis alumnos sea la de algún noble varón entregado a la sacrificada tarea de estudiar, sin embargo, año tras año, la nota media de mis alumnas es superior a la de mis alumnos. Quizá la capacitación intelectual sea la misma, pero las mujeres sois más responsables y trabajadoras.

Enfilamos la calle del Paseo, de una vitalidad contagiosa. En la esquina con la calle Alejandro Outeiriño Rodríguez se encuentra *La lechera*, una escultura en bronce del artista local Ramón Conde.

—Don Alejandro Outeiriño Rodríguez es uno de los personajes ilustres de Orense y del periodismo del siglo XX. Fue director del diario *La Región*, el periódico más importante de Orense, que durante muchos años tuvo su sede en esta calle.

Discúlpame, pensarás que soy una pesada contándote la vida y obra de las personalidades locales.

—No, en absoluto. Agradezco tus explicaciones. Me están permitiendo conocer mejor la ciudad y darme cuenta de cuánto personaje ilustre ha salido de Orense, que tanto han hecho por su tierra y por sus gentes.

—*La lechera* es una de las esculturas más señeras de Ramón Conde y de Orense. Muchos vecinos y turistas se fotografían junto a ella.

Nos acercamos hasta una pintora que tenía muy adelantado el lienzo en el que trabajaba.

—Buenos días. Me llamo Sabrina y soy una periodista que está cubriendo la Feria de Pinturas de Orense. ¿Qué le ha llevado a presentarse a este concurso?

—Dar un impulso a mi carrera artística. Si ganase el primer premio, o un accésit, o si mi obra fuese adquirida en la subasta a buen precio por un coleccionista privado o institucional, ganaría visibilidad y tendría acceso a galerías de arte de primer nivel.

—La estética de su obra es muy atrevida, mezcla estilos pictóricos muy diferentes.

—La protagonista es *La lechera*, que la reproduzco tal cual, con absoluto verismo, intentando que trasmita atemporalidad, a la que rodeo de personas que pasan a su lado a paso ligero, excepto una que la observa cara a cara, queriendo conversar con la mirada. En efecto, se reconocen dos estilos, el de *La lechera* y el de la persona que se sitúa frente a ella se ajustan al realismo y el de los transeúntes se ajusta al futurismo, un estilo por el que me siento atraída de un tiempo a esta parte.

Observamos trabajar a la pintora durante unos minutos; su pericia era sorprendente, de pincelada rápida y firme.

—¿Le molestaría que fotografiase a mi amigo junto a *La lechera* mientras usted pinta?

—En absoluto.

Sabrina me fotografió sonriente.

—Muchas gracias por su atención y mucha suerte.

—Muchas gracias a usted.

Seguimos adelante por la calle del Paseo.

—Por esta calle era habitual ver pasear a don Alejandro Outeiriño Rodríguez hasta el lugar al que nos dirigimos, el parque San Lázaro.

—Es una calle agradable.

Nos detuvimos a ver escaparates de tiendas de ropa.

—Me gusta ver los vestidos en los maniquíes.

—A mí también me gusta ver los escaparates de mis tiendas favoritas, las pastelerías.

Reímos.

Seguimos adelante hasta ver de frente el parque de San Lázaro.

—¿Qué tengo que saber del parque de San Lázaro?

—En el espacio que ocupa hubo un lazareto u hospital para los peregrinos que iban a Santiago de Compostela; de ahí le viene el nombre de San Lázaro.

—Es decir, antes fue un lugar de sanación y ahora lo es de encuentro y asueto.

En el acceso principal al parque de San Lázaro se encuentra la escultura *Ángel caído*, de Francisco Asorey, en recuerdo a las víctimas nacionales de la Guerra Civil de 1936. Su aspecto monumental realza la entrada al parque.

Nos encaminamos al epicentro del parque San Lázaro, ocupado por una fuente de hechura barroca.

—Esta fuente procede del monasterio de Santa María la Real de Oseira.

—Hay que venir a Orense para terminar de conocer el monasterio.

Una joven estaba pintando la fuente y su entorno.

—Participar en la Feria de Pinturas de Orense me lo planteo como un reto a superar.

—Lo que más me gusta de su obra es la estética impresionista y el cromatismo intenso.

—A mí lo bien que ha reproducido la caída del agua.

Dejamos a la joven artista terminando su lienzo.

—No me podía resistir a enseñarte la escultura de *O Carrabouxo*, de César Lombrera.

—¡Sorprendente! Parece un personaje de tebeo, o una caricatura.

—¡Es una caricatura! La creó Xosé Lois González para sus viñetas en el periódico *La Región* en los años ochenta del siglo XX. Dos orensanos ilustres, González y O Carrabouxo.

Paseamos por el parque de San Lázaro. La sombra que proyectaban los árboles aliviaba el calor del mediodía.

Cruzamos la calle Parque de San Lázaro.

—Esta es otra de las esculturas que aportan personalidad a la ciudad de Orense, *La castañera*, del escultor local Xosé Cid Menor.

—Orense es tierra de grandes escultores.

—Con esta obra se quiso reconocer la importancia de las vendedoras de castañas en la cultura gallega.

—Los puestos de venta de castañas también son característicos de Madrid durante los meses de otoño e invierno.

Le pedí a Sabrina que me fotografiase junto a *La castañera*.

—Quiero enseñarte otra de las esculturas emblemáticas de Orense.

Pasamos por delante de la Subdelegación del Gobierno. Llegamos a la calle del Concejo.

—¡Qué sorpresa! Buenos días, don Abelardo, que aún no hemos comido.

—Buenas tardes a los dos, que ya son más de las doce del mediodía.

También saludamos a su hija.

—Me alegra ver que concursa en la Feria de Pinturas de Orense.

—Me hacía mucha ilusión.

—¿Qué está pintando?

—El monumento a Reverter, Colemán y *Alpinche*.

—Es una escultura sorprendente por su originalidad.

—Es obra de Ramón Conde, el escultor de *La lechera*.

—Dos esculturas muy distintas.

—¿Por qué ha elegido pintar esta escultura?

—Conocí a Estanislao Reverter y a su copiloto Antonio Colemán, dos deportistas que han hecho mucho por Orense. El rally de Orense fue idea de Reverter y echó a andar, mejor dicho, a correr, en 1967. Ambos compitieron con el mítico Renault Alpine A110, pero con motor Porsche, coche al que se le puso el mote de *Alpinche*. Esta escultura rinde justo homenaje a los tres.

—Usted también les rinde homenaje en un estilo muy atrevido.

El lienzo de don Abelardo era de estética pop con recortes de prensa adheridos al lienzo alrededor de la imagen de la escultura; eran recortes de periódicos locales que daban noticia de la participación de Reverter y Colemán en el rally de Orense; en uno de los recortes de prensa don Abelardo aparecía junto a sus admirados deportistas.

—Me queda muy poco para terminar el cuadro.

Observamos en silencio cómo don Abelardo remataba su obra.

—¡Ya! ¡No hay que hacer más!

Don Abelardo acompañó sus palabras con gesto de alegría exultante. A continuación, entregó el lienzo a uno de los empleados municipales del Ayuntamiento de Orense; este estuvo junto a don Abelardo durante todo el proceso creativo de la obra.

Don Abelardo recogió los bártulos.

—Quiero invitarles a comer en agradecimiento por el artículo que escribió sobre mi padre, un artículo muy delicado, que me emocionó.

—He recortado la hoja de periódico en la que aparecía el artículo, la he enmarcado y ya cuelga en mi salón.

—¡Vaya! Muchas gracias. Nunca pensé que un lector ilustre como usted enmarcase uno de mis artículos.

—Usted es una gran periodista y escribe muy bien.

—Muchas gracias otra vez. Pero no me suba a la parra, que no lo merezco.

Nos dirigimos a un restaurante cercano.

—Buenas tardes. Una mesa para cuatro, por favor.

—Buenas tardes. Las mesas para cuatro están ocupadas. Se sentarán en una mesa para seis, donde estarán más cómodos.

De las paredes del comedor colgaban fotografías de los edificios más señeros de Orense.

—¿Qué vamos a comer?

—Papá, hoy el protagonista eres tú, elige tú el menú.

—¿Es su cumpleaños, don Abelardo?

—No.

—Hoy mi padre es el protagonista porque se ha animado a salir de casa y a participar en la Feria de Pinturas de Orense.

Don Abelardo leyó la carta y comunicó al camarero el entrante, el plato principal y el vino que íbamos a consumir.

—Me ha gustado la experiencia de participar en un certamen de pintura. Me lo planteé como un reto personal, y lo he superado; he salido de mi entorno habitual y de mi rutina, y, sin embargo, he sido capaz de crear. Si gano o no el primer premio o un accésit es secundario. Eso sí, confío en que mi obra, al menos, llame la atención de algún coleccionista.

—Don Abelardo, el primer brindis será por usted.

—Y el segundo por vosotros, por acompañarme un día como hoy.

Un camarero nos sirvió el vino, otro el entrante.

Brindamos.

—Don Abelardo, ¿participará en más concursos de pintura?

—Sí, sin duda. También seguiré llamando a las puertas de más galeristas. Sé que soy mayor, pero quizá tenga mi público.

—En cualquier caso, si le sirve para disfrutar de manera más intensa de su afición predilecta, ¡adelante!

—Le auguro muchos éxitos por la calidad de su pintura y la ilusión que le mueve.

El vino ribeiro blanco y las vieiras gratinadas alegraron mi paladar; las segundas aplacaron en parte mi apetito.

La conversación era agradable, pero me descolgué de ella durante unos minutos cuando el arroz con carabineros llenó mi plato. Me concentré en llenar mi estómago con tan exquisita comida. Me reenganché a la conversación volviendo al tema de la pintura.

—Don Abelardo, ¿qué temática va a desarrollar en sus cuadros?

—La que marque las bases del concurso de pintura en el que vaya a participar, igual que la técnica pictórica y el formato del cuadro. Pero las temáticas que voy a desarrollar con vistas a ganarme las simpatías de coleccionistas y galeristas serán el retrato, los bodegones y las escenas costumbristas.

—¿Ha contactado con coleccionistas y galeristas?

—A algunos les he enviado fotografías de obras que usted conoce. Solo tres se han interesado.

—Quizá sea suficiente. Los galeristas le pueden poner en contacto con coleccionistas que puedan interesarse en su obra.

Antes de terminar el arroz con carabineros empecé a cavilar sobre el postre que pediría. Sin embargo, acepamos ilusionados la recomendación del camarero que nos atendía.

—Es una tarta que nunca he probado.

—Después de probarla querrá venir más veces a este restaurante.

Ver la tarta de manzana y moras me arrancó una sonrisa. Después del primer bocado me abstraje de mi entorno para disfrutarla a conciencia.

—¿David?

—¿Qué?

—Regresa al mundo de los presentes.

—Sí, a este restaurante vendré más veces.

Reímos.

Fui fiel al café americano descafeinado y al licor de hierbas, conveniente si se quiere hacer una digestión sin sobresaltos después de una comida copiosa.

—¿Qué van a hacer esta tarde?

—Regresar a casa. Ha sido una mañana larga, que empezó de madrugada. Necesito descansar.

—Un descanso merecido, previo a la celebración del éxito.

—¿Tanta fe tiene en mí, o es el subidón de ánimo que le ha provocado la tarta y el licor?

Después de reír, dije serio y rotundo:

—Don Abelardo, no lo dude, tengo fe en usted. Tiene una cita con el éxito. Brindemos por usted y su éxito.

Brindamos y apuramos nuestras copas.

—¿Qué van a hacer ustedes esta tarde?

—Iremos a conocer a Benito y Regina, que nos cuenten la leyenda del manzano.

—Lo pasarán bien, pero no se crean ni media palabra.

—¿Por qué?

—Son dos chiflados.

—Los chiflados también dicen verdades.

—Esos dos no dicen ni una verdad cuando cuentan cosas sobre su manzano.

—Pero, ¿el manzano es verdadero?

—Es lo único verdadero.

—Papá, siento interrumpir, pero ha llegado la hora de irnos.

—Lo hemos pasado muy bien con ustedes, pero ya han oído a mi hija, ha llegado la hora de irnos.

—Ha sido una alegría haber coincidido con ustedes y un placer haber compartido mesa y mantel.

Nos despedimos con afecto y nos emplazamos a vernos de nuevo.

Sabrina bajó la visera del coche antes de ponerlo en marcha.

—Nos va a dar el sol de frente.

Bajé mi visera.

—Eso quiere decir que viajaremos hacia poniente.

Sabrina rio.

—¿Por qué te ríes?

—Me ha hecho gracia que hayas utilizado «poniente». Ya nadie utiliza esa palabra para referirse al oeste.

—La utilizan los meteorólogos y los marineros; dicen: «Se ha levantado viento de poniente».

—Pero nosotros no somos meteorólogos ni marineros. Además, también se puede decir «se ha levantado viento del oeste».

—Sin embargo, nadie dice «se ha levantado viento del este», todo el mundo dice «se ha levantado viento de levante».

—Yo digo «se ha levantado viento del este».

—Dices «se ha levantado viento del este» por llevar la contraria a los que decimos «se ha levantado viento de levante».

—No os llevo la contraria porque este y levante son sinónimos.

Me quedé pensativo.

—Cierto, son sinónimos; de hecho, este, levante, naciente y oriente son sinónimos, aunque nadie dice «se ha levantado viento de naciente», ni «se ha levantado viento de oriente».

Sabrina me contagió su risa.

—¿Por qué te ríes?

—Nos hemos metido en una conversación absurda por culpa de una palabra en desuso.

—Me comprometo a recuperar la palabra poniente, que es sinónimo de oeste, occidente y ocaso, aunque nadie dice...

—Nadie dice «se ha levantado viento de occidente», ni «se ha levantado viento del ocaso».

—Así es.

—Parecemos dos besugos.

—Los besugos no hablan.

—Ni ríen.

Reímos.

Sabrina condujo hacia nuestro destino sin apenas fijarse en las señales de tráfico; sin duda, debía conocer la ruta de memoria. Yo, que no me fijé en las señales, estaba desorientado; no sabía por dónde nos encontrábamos, ni tenía la más remota idea de a dónde nos dirigíamos. Mi desorientación fue absoluta cuando Sabrina tomó carreteras locales con cruces señalizados de manera deficiente.

Sabrina estacionó el coche en una explanada adoquinada, a unos metros de una ermita de estilo románico.

—Buenas tardes, ¿sabría decirnos dónde podemos encontrar a Benito y Regina?

—¿Quiénes son ustedes para preguntar por esos dos?

—Me llamo Sabrina y soy periodista. Mi amigo se llama David.

Nos miró con desconfianza.

—¡Lo que nos faltaba! ¡Una periodista buscando a dos chiflados charlatanes, borrachos y fornicadores!

—No me ha contestado.

—No sé si contestar.

—¿Por qué?

—Porque es periodista. Luego lo cuenta todo y la aldea se llena de forasteros fornicadores.

Reí.

El paisano me miró con gesto entre despectivo y amenazante.

—Le pido disculpas.

—Por favor, dígame dónde están Benito y Regina.

—Por ahí.

—¿Puede concretar?

—Sí, pero no quiero. Me voy a casa. No soy un vicioso.

—Nosotros tampoco lo somos.

—Todos los que preguntan por esos chiflados son unos viciosos y unos fornicadores.

El paisano se alejó de nosotros.

—¿Dónde podrán estar Benito y Regina?

—Llamaremos a la puerta de cada casa.

—Si todos los vecinos son como el paisano con el que hemos hablado nadie nos dirá nada.

—No serán todos tan ariscos.

Caminamos hacia la primera casa que vimos.

—¿Por qué llaman a mi casa?

—¿Nos puede decir dónde están Benito y Regina?

—Más allá.

—Más allá, ¿dónde?

—Más allá, más adelante.

El paisano nos hizo un gesto con la mano derecha indicando la dirección a seguir.

Llamamos a otra casa.

—¿Otra vez ustedes? ¿No se cansan de molestar? ¿Tantas ganas tienen de fornicar? ¡Degenerados!

—No se ponga así.

—¡Me pongo como quiero!

—Ya nos vamos.

—¡Sí, váyanse!

El paisano cerró la puerta de casa con brusquedad.

Seguimos caminando hasta la última casa de la aldea. Encontramos a dos paisanos sentados en un banco de piedra junto a la entrada a una vivienda.

—Buenas tardes. ¿Saben dónde podemos encontrar a Benito y Regina?

—Yo soy Benito.

—Yo soy Regina.

—Me llamo Sabrina. Mi amigo se llama David. Queremos hablar con ustedes.

—¿De qué quieren hablar con nosotros?

—De su manzano.

—Para hablarles de nuestro manzano hemos de ir junto a él.

—El manzano es, de nuestras propiedades, la que más valoramos.

—Vengan con nosotros.

Seguimos a Benito y Regina hasta la parte posterior de la casa.

—Vean que lo tenemos protegido por una valla de hierro forjado.

—Esta es la llave que abre la puerta de entrada a una tierra para nosotros sagrada.

—Una tierra sagrada donde hace mucho tiempo nació un árbol mágico.

—¿Cuál es la historia de este manzano?

—La historia de este manzano es la historia de los manzanos que lo precedieron.

—Este es el único manzano verdadero del concello, descendiente de otros manzanos también verdaderos.

—Los otros manzanos no son verdaderos; son el resultado de cruzar manzanos diferentes.

—¿Cuál fue el primer manzano verdadero que hubo aquí?

—El manzano de la fertilidad.

—Desde ese primer manzano a este, todos han sido manzanos de la fertilidad.

—¿Da mucho fruto este manzano?

—Todos los años recogemos cientos de manzanas.

—Incluso cuando los otros manzanos del concello no dan manzanas por la razón que sea, este manzano, por ser el de la fertilidad, sigue dando cientos de manzanas.

—¿Y qué hacen con tanta manzana?

—Sidra.

—Primero recogemos las manzanas…

—Las lavamos con el agua de nuestro pozo, las machacamos y prensamos…

—Aclaramos el mosto y esperamos a que fermente…

—Hacemos el trasiego y embotellamos.

—Es un proceso que lleva varios días.

—¿Qué tiene de especial la sidra de este manzano?

—Propicia la fertilidad.

—¿De qué manera?

—Despierta el deseo de ser madre.

—También despierta el deseo de ser padre.

—Ustedes han de beber un vaso de nuestra sidra.

—¿Y nada más?

—Y algo más.

—¿Qué más?

—Tienen que fornicar.

Sabrina enrojeció; yo no pude evitar una sonora carcajada.

—Solo somos amigos.

—Los amigos también fornican.

—Además, si usted quiere ser madre tiene que fornicar.

—Voy a traer una botella de sidra y unos vasos para que beban.

Regina entró en casa.

—Tienen que beber la sidra pisando la tierra sagrada en la que ha echado raíces el manzano de la fertilidad.

—¿Cuánto dura el efecto de la sidra?

—Un día con su noche.

Benito abrió la puerta del enrejado; pasamos al recinto del manzano de la fertilidad.

Regina apareció con una bandeja, una botella de sidra y cuatro vasos.

—¿Ustedes también van a beber?

—Hemos de beber antes que ustedes…

—Y mientras ustedes beben nosotros hemos de pronunciar el conjuro de la fertilidad.

Regina sirvió la sidra. Los cuatro tomamos los vasos. Benito y Regina brindaron y bebieron.

—Ahora ustedes han de brindar y beber.

Brindamos y mientras bebíamos escuchamos el conjuro de la fertilidad recitado a dúo por Benito y Regina:

Sidra mágica
del manzano de la fertilidad,
a este hombre, a esta mujer,
llévalos a fornicar y gozar
hasta preñar.

No pude evitar reír a carcajadas.
—Este conjuro es una incitación al vicio.
—Al vicio del bueno.
—¿Saben que un vecino no ve bien lo que hacen ustedes? Teme que la aldea se llene de fornicadores y viciosos.
—Se trata de un pobre hombre, flojo de fuerzas, que no fue capaz de preñar a su mujer porque nunca quiso beber nuestra sidra.
—¿Ustedes han tenido hijos?
—¡Siete!
—¡Y cada uno en un día distinto de la semana!
—Ustedes han bebido mucha sidra.
—Cientos de litros.
—Por cierto, la sidra sabe bien; les compro una botella.
Regina entró en casa; regresó con una botella de sidra.
—Tómela fría.
—¿Cuánto le debo?
—La voluntad.
Pagué a Regina.
—Hemos de regresar a Orense. Gracias por atendernos.
—Vuelvan cuando quieran.
—¡Y no se olviden de fornicar!
—¡Fornicaremos lo que haga falta!

Reímos a carcajadas.

Las calles de la aldea estaban desiertas.

—Te ha salido cara la botella de sidra.

—No ha salido tan cara; nos han atendido, me he reído, tengo una botella de buena sidra y tú tienes el artículo para el periódico.

El vecino molesto estaba mirando por una ventana.

—¡Será cotillo!

El vecino impertinente abrió la ventana.

—¿Ya se van?

—Sí, nos vamos.

—Sonríen, ¡degenerados!

—¡No somos unos degenerados!

—¡Sí que los son! ¡Son unos degenerados y unos viciosos!

—¡Y usted es un esmirriado!

El vecino salió a la puerta de la casa con un palo.

—¡Como les vuelva a ver les abro la cabeza!

—¡Amargado!

El vecino fastidioso vino hacia nosotros. Sabrina echó a correr, yo detrás de ella.

—¡Cobardes!

—¡Almorrana!

Sabrina subió al coche y lo arrancó; yo subí al coche como pude.

—Nunca te habría imaginado insultando a nadie.

—Un efecto secundario de la sidra. Yo no soy así. Siempre soy respetuosa.

Recuperamos el resuello.

—¿De qué te ríes?

—Es entretenido pisar el callo a los tipejos cargantes. Se cabrean muy deprisa, y eso es divertido.

—Que nos haya sacado un palo no ha sido divertido.

—Cuando se te pase el susto te reirás.

—Esto último no lo contaré en el artículo que publique.

—¿Por qué no? ¡Sería divertido!

—¿Le llamaste almorrana?

—Sí.

—Nunca lo había oído como insulto.

—Ese es un tipo muy molesto, más molesto que una almorrana en carne viva.

—¡Por Dios, David, qué imagen!

—Una imagen dantesca.

Reímos.

Desayuno en las termas de Orense

Sabrina inició la conversación con una pregunta.

—¿Te has bañado en las termas del río Miño?

—No.

—No te puedes ir de Orense sin tomar un baño en una de las termas. Ese baño nos abrirá el apetito. Allí desayunaremos.

—Me has convencido.

Me dirigí a la recepción a abonar la cuenta por mi estancia en el hotel.

—Hasta la próxima ocasión.

—Señor, será bienvenido de nuevo. Feliz viaje.

—Gracias.

Metí el equipaje en el maletero del coche.

—Tú me indicas la ruta a las termas.

Nos vimos atrapados en medio de una concentración de agricultores y ganaderos; protestaban por tener que producir a pérdidas, lo que les condenaba a cerrar sus explotaciones. En una pancarta se leía: «Por un campo con futuro. Queremos precios justos por nuestros productos». Algunos manifestantes estaban distribuyendo alimentos de manera gratuita entre transeúntes y conductores.

—Con el contenido de esta bolsa tengo suficiente para preparar le cena de esta noche. Me ahorro hacer la compra a mi llegada a Madrid.

—Eres muy pragmático.

Vimos llegar a varias unidades de las policías Nacional y Municipal.

—Esto es una noticia.

Sabrina se bajó del coche llevada por su instituto periodístico; yo también me apeé del vehículo.

El encargado del dispositivo policial se dirigió a los cabecillas de la concentración.

—Ustedes no tienen autorización para manifestarse ni concentrarse.

—Estamos denunciando la situación desesperada que sufrimos; nos pagan poco por nuestros productos, sin embargo, a los consumidores les sale muy caro hacer la compra. ¿Quiénes se llevan el beneficio?

—Lo entiendo, pero han de disolver esta concentración; si no lo hacen tendremos que detenerles por alteración del orden público.

—Nos disolveremos cuando hayamos regalado todas estas bolsas a los viandantes y se dé noticia de esta concentración.

—Me llamo Sabrina y soy periodista. Daré noticia de esta concentración y de sus motivaciones.

Sabrina sacó el móvil, entró en la web del periódico y publicó un artículo haciéndose eco de la concentración, incluyendo una fotografía de la misma y declaraciones de sus líderes.

Pasados veinte minutos, agricultores y ganaderos disolvieron la concentración, los agentes de la Policía Nacional se retiraron y los de la Policía Municipal restablecieron el tráfico.

—¿Sigue en pie ir a las termas?

—¡Sí, claro! Nos relajará tomar un baño.

—Yo tengo más necesidad de desayunar que de relajarme.

Reímos.

Tardamos unos minutos en llegar a las termas.

—Déjate llevar.

—Eso haré.

Entramos en las termas.

—¡Buenos días!

—¡Buenos días! ¿Qué desean?

—Baño aromático de extracto de té y masaje exprés.

Accedimos al recinto de los baños.

—¿Qué te parece?

—Una experiencia estimulante, placentera, relajante, tonificante…

Reímos.

—Vivificante…

—¿Y qué más?

—¿Qué sé yo? ¡Excéntrica!

—¿Te parece excéntrico cuidarse?

—En absoluto. Claro que hay que cuidarse, pero nunca imaginé que para cuidarse hubiese que tomar un baño aromático de extracto de té.

—¿Por qué ríes?

—Quien me conoce se restregaría los ojos si me viese ahora; se pellizcaría para salir de la incredulidad.

—Disfruta.

Dejamos pasar el tiempo.

—Ahora nos darán el masaje.

—La primera vez que me van a dar un masaje.

—Te encontrarás mejor después de recibirlo.

—Me encontraré mejor después de desayunar; ya es en lo único que pienso. Estoy a punto del desvanecimiento.

Reímos.

—No seas tan dramático.

Recibí el masaje en silencio.

Nos vestimos de calle.

Nos dirigimos a la terraza exterior con vistas al río Miño.

—Esta panorámica es de ensueño.

Un camarero se acercó a nuestra mesa.

—¿Qué van a tomar?

—Zumo de melón y naranja, una tosta de queso crema y salmón ahumado, una tostada de pan de Cea, mantequilla, miel y café solo.

—Yo quiero lo mismo, pero el café que sea americano descafeinado.

El camarero no tardó en servirnos lo que pedimos.

—Este es un desayuno de verdad.

—¿Lo cambiarías por el desayuno del hotel?

—El hotel en el que me he hospedado durante estos días no tiene estas vistas al río Miño.

Sentí una brisa suave.

—¿Por qué desorbitas los ojos?

—Nunca he visto echar mantequilla al café.

—Suaviza el sabor del café.

—Voy a probar. Que no se diga que no soy un aventurero.

—Te veo poco aventurero.

—Una vez al año, dos a lo sumo.

Reímos.

Eché una cucharada de mantequilla al café; no tardó en disolverse.

—No se brinda con zumo, pero brindemos porque se repita otro viaje como este.

—Te espero el próximo año.

—Te propongo que antes vayas a Madrid.

—Iré.

Dimos un trago al zumo y un bocado a la tosta.

—¿Cuándo tienes pensado ir a Madrid?

—Todos los años me cojo unos días de vacaciones para visitar las exposiciones de otoño de los museos del Prado y Thyssen-Bornemisza.

—Las exposiciones se disfrutan más yendo en pareja.

—Te avisaré con unos días de antelación, preparas las exposiciones y me haces de guía cultural.

—Hecho.

Dimos un segundo bocado a la tosta.

—También quiero ver otros museos, cuyo contenido no sea artístico.

—Podemos ver el Naval, el del Ferrocarril y muchos más.

—Uno lo eliges tú y otro lo elijo yo. Pero también quiero ir de compras.

—Habrá tiempo para todo.

Terminamos la tosta y el zumo.

Sabrina vertió un hilo de miel sobre la tostada; yo fui más generoso.

—Te gusta la miel.

—Solo el oso pardo come más miel que yo.

Reímos.

Me llevé a la boca una porción de tostada.

—¿Te gusta?

—Me gusta.

Probé el café con mantequilla.

—¿Te gusta?

—Me gusta. Tenías razón al decir que la mantequilla suaviza el sabor del café.

Probé de nuevo el café.

—Además, lo dulcifica.

—Y le da un color distinto.

—Al café de pota que me enseñó tu madre le añadiré mantequilla; lo llamaré café Sabrina.

—Gracias por dedicarme un café.

Terminamos de desayunar.

—Si viviese en Orense vendría a desayunar a este sitio una vez a la semana.

—¿Y a tomar un baño y un masaje?

—También. Me ha gustado la experiencia.

Sabrina pidió la cuenta al camarero.

—Voy a extrañar trabajar sola, sin tu compañía.

—Trabajarás con más libertad.

—Será más aburrido.

Abonamos la cuenta.

—Iré al periódico andando.

—Te puedo acercar.

—Necesito pasear.

—Como quieras.

Sabrina me acompañó hasta el coche.

Nos abrazamos.

—Hasta pronto.

—Hasta muy pronto.

Índice